Fyodor Dostoyevsky

Lempeäluontoinen; Fantastillinen Kertomus

suuraakkosin

Fyodor Dostoyevsky

Lempeäluontoinen; Fantastillinen Kertomus

suuraakkosin

Alkuperäisen jäljennös.

1. painos 2023 | ISBN: 978-3-38708-576-1

Megali Verlag on Outlook Verlagsgesellschaft mbH:n imprint.

Verlag (Julkaisija): Outlook Verlag GmbH, Zeilweg 44, 60439 Frankfurt, Deutschland
Vertretungsberechtigt (Valtuutettu edustamaan): E. Roepke, Zeilweg 44, 60439 Frankfurt, Deutschland
Druck (Painotalo): Books on Demand GmbH, In de Tarpen 42, 22848 Norderstedt, Deutschland

LEMPEÄLUONTOINEN

FANTASTILLINEN KERTOMUS

KIRJA

F. M. DOSTOJEVSKI

SUOMENSI M. WUORI

1887.

Tekijältä.

Pyydän anteeksi lukijoiltani, että tällä kertaa päiväkirjan [Dostojevski julkaisi vuosina 1873, 1876 ja 1877 kuukausittain "Kirjailijan Päiväkirja" nimisen aikakauskirjan, joka sisälsi valtiollisia, kriitillisiä y.m. kirjoituksia. Marraskuun vihko v. 1876 sisältää yksistään tämän kertomuksen. Suomentaja.] sijasta sen tavallisessa muodossa annan ainoastaan kertomuksen. Mutta minä olen todellakin kirjoitellut tätä kertomusta suurimman osan kuukautta. Kaikissa tapauksissa pyydän, ett'eivät lukijat panisi tätä pahaksensa.

Nyt itse kertomuksesta. Minä olen nimittänyt sen "fantastilliseksi", vaikka itse pidän sen suurimmassa määrässä todenperäisenä. Vaan fantastillista siinä löytyy todellakin, ja juuri kertomuksen itse muodossa, jonka seikan pidän tarpeellisena edeltä päin selittää.

Asian laita on, näet, ett'ei se ole pelkästään sepitelmä eikä muistelmakaan. Ajatelkaahan mies, jonka itsensä surmannut vaimo makaa ruumiina pöydällä, muutamia tuntia sen jälkeen, kuin hän on heittäytynyt ulos ikkunasta. Mies on kovin liikutettu eikä ole vielä ehtinyt koota ajatuksiansa. Hän kävelee huoneessansa, kokien käsittää mitä on tapahtunut, "koota ajatuksensa yhteen kohtaan". Sitä paitse on hän täydellinen hypokondrikko, sellainen, joka puhelee itseksensä. Ja nyt hän puheleekin itseksensä, kertoo tapauksen, selittelee sitä itsellensä. Huolimatta näennäisestä johdonmukaisuudesta hänen puheessansa, puhuu hän välistä ristiin sekä hänen ajatuksiinsa että tunteihinsa katsoen. Hän milloin puolustaa itseään, milloin syyttää vaimoaan ja vaipuu sivuseikkoihin; ja hänen puheessansa ilmestyy sekä raakaa mieltä ja sydäntä että syvällisiä tunteita. Vähitellen hän todellakin saapi asian selville ja ajatuksensa kootuiksi "yhteen kohtaan". Joukko hänen herättämiänsä muistoja saattaa hänet ehdottomasti vihdoin viimein totuuteen: totuus ylentää ehdottomasti hänen mieltänsä ja sydäntänsä. Lopulta muuttuu kertomuksen tapakin, verrattuna sen sekavaan alkuun. Totuus esiintyy onnettomalle jotenkin selvänä ja näkyvänä, ainakin hänen omasta mielestänsä.

Siinä aine. Tietysti kestää kertomuksen juoksu muutamia tuntia, vuoroon keskeytyen ja sekaantuen; milloin puhuu hän itsekseen, milloin kääntyy hän taas ikäänkuin näkymättömän kuulijan, jonkun tuomarin puoleen. Näin on aina laita todellisuudessakin. Jos pikakirjoittaja olisi voinut kuunnella ja kirjoittaa kaikki paperille, niin kertomus ehkä olisi epätasaisempi, vähemmin viimeistelty, kuin tämä on, mutta psykoloogillinen kulku olisi minun mielestäni tullut olemaan sama. Ja tämäpä paperille panevan pikakirjoittajan olettaminen (jonka mukaan minä sitte olisin muodostellut, mitä oli kirjoitettu) onkin juuri se mitä minä tässä kertomuksessa nimitän fantastilliseksi. Vaan onhan tällaista osaksi jo usein ennenkin tavattu taiteen alalla. Victor Hugo on mestariteoksessaan, nimeltä: "Erään kuolemaan tuomitun viimeinen päivä", käyttänyt milt'ei samaa tapaa, ja vaikk'ei hän ole tuonut esille pikakirjoittajaa, niin on hän olettanut vielä suuremman epätodellisuuden, sen, näet, että kuolemaan tuomittu voi (ja että hänellä on aikaa) kirjoittaa muistelmia ei ainoastaan viimeisenä päivänänsä, vaan vieläpä viimeisellä hetkelläkin, jopa ihan viimeisessä silmänräpäyksessäkin. Vaan ell'ei hän tätä olisi kuvitellut, niin ei itse teostakaan löytyisi, — kaikkein todenperäisintä ja todenmukaisinta hänen kirjoittamistaan teoksista.

Ensimmäinen osa.

I.
Kuka minä olin ja kuka hän on.

... Niin kauan, kuin hän vielä on täällä, — on kaikki vielä hyvin, voin käydä häntä katsomassa tuon tuostakin; vaan kun hän huomenna viedään pois ja — mitenkäs minä silloin yksin jään? Hän on nyt salissa pöydällä, kahdella yhteen pannulla pelipöydällä, vaan huomenna valmistuu arkku, valkoinen, valkoinen arkku... silkillä verhottu, vaan enhän minä siitä... Minä vaan kävelen kävelemistäni ja tahdon tehdä itselleni tästä selkoa. Nyt olen jo kuusi tuutia tahtonut sitä tehdä, vaan en saa ajatuksiani kootuiksi yhteen kohtaan. Seikka on se, että minä vaan yhä käyn ja käyn... Vaan se tapahtui näinikään. Annahan minä kerron sen järjestyksessä. (Järjestys!) Hyvät herrat, minä en ole mikään kirjailija, sen te kyllä huomaatte, vaan olkoonhan, minä kerron kuitenkin, niinkuin asian ymmärrän. Ja siinäpä koko kauhu onkin, että minä ymmärrän kaikki liian hyvin! Jos, tuota, tahdotte tietää, s.o. jos alkaa asian alusta, niin kävi hän silloin vaan luonani tavaroita panttaamassa voidakseen panna "Golos"-lehteen ilmoituksia, että, näet, niin ja niin, muudan kotiopettajatar, suostuu matkustamaan ja opetusta kotona antamaan j.n.e., j.n.e. Näin oli asia ihan alussa enkä minä tietysti eroittanut häntä muista; tuli kuin muutkin ja niin edespäin. Vaan sitte aloin eroittaa. Hän oli tuollainen solakka, valkoverinen, keskikasvuinen, minun kanssani aina kömpelömäinen, ikäänkuin häpeilevä (luulenpa, että hän oli kaikkien vieraiden kanssa samanlainen, ja minä olin hänelle, tietysti sama, kuin kaikki muutkin, s.o. jos ottaa ihmisenä, eikä lainanantajana). Niin pian kuin hän oli saanut rahansa, kääntyi hän heti ja meni pois. Ja aina ääneti. Toiset aina kiistelivät, pyytelivät lisää, tinkivät itselleen enempää; vaan hän ei koskaan, mitä annettiin... Minä varmaan vaan hämmennyn... Niin minua kummastuttivat kaikista enin hänen panttinsa: hopeiset kullatut korvarenkaat, huononpuoleinen medaljonki, — parinkymmenen kopekan arvoisia kaluja. Kyllä hän itsekin tiesi niiden olevan sen arvoisia, vaan hänen kasvoistansa näin niiden olevan hänelle kalliita, — ja todellakin oli tämä kaikki, mitä hänellä oli jäljellä isältänsä ja äidiltänsä. Sen sain perästäpäin tietää. Kerran vaan minä uskalsin hymähtää hänen kapineillensa. Se on... näettekö, sitä minä en koskaan muutoin tee, vaan olen aina kohtelias yleisöä kohtaan, puhun vähän, kohteliaasti ja ankarasti. "Ankarasti, aina ankarasti".

Mutta kerran toi hän minulle jätteitä (aivan sananmukaisesti) vanhasta oravannahkaturkista, ja silloin minä en voinut pidättää itseäni, vaan sanoin hänelle jotakin, ikäänkuin sukkeluuden tapaista. Hyvänen aika, kuinka hän punastui! Hänellä oli suuret siniset miettiväiset silmät, mutta nepäs silloin alkoivat hehkua! Vaan eipäs sanonut sanaakaan, otti vaan "jätteensä"; ja — meni tiehensä. Sillä kertaa minä tarkastin häntä ensiksi erityisellä tavalla ja aloin ajatella hänestä sellaista, s.o. juuri semmoista erityistä. Niin, muistanpa minä vielä vaikutuksenkin, s.o. niin sanoakseni, sen päävaikutuksen, kaiken synteesin: näet, että hän oli hirveän nuori, niin nuori, että oli kuin neljäntoista vuotias ikään. Ja kuitenkin oli hän silloin jo kolmea kuukautta vailla kuusitoista. Vaan enhän minä tätä aikonut sanoa, eikä se synteesi ollenkaan ollutkaan. Seuraavana päivänä tuli hän taas. Sittemmin sain minä tietää, että hän oli käynyt turkkineen Dobronravovin ja Moserin luona, mutta paitse kultakaluja eivät he ota mitään vastaan eivätkä siis puhumaankaan ruvenneet. Minä olin häneltä kerran ottanut vastaan kameenkin [eräs jalokivi] (ihan kelvottoman) — ja huomattuani sen sitte, kummastuin itsekin: paitse kultaa ja hopeaa en minäkään mitään ota panttiin, vaan häneltä otin kameen. Tämä oli silloin hänestä se toinen ajatus, sen muistan.

Sillä kertaa, s.o. Moserilta tullessaan, toi hän minulle merenkullasta tehdyn hammasluun sikaria varten — jonkin joutavan kapineen, joka olisi semmoisten kerääjälle kelvannut, vaan meille ei ollut minkään arvoinen, sillä mehän vaan huolimme kultakaluista. Koska hän nyt tuli tuon eilisen kapinan jälkeen, niin otin minä häntä ankarasti vastaan. Ankaruuteni, näet, on kuivassa kohtelussa. Vaan antaessani hänelle kaksi ruplaa, en kuitenkaan malttanut olla hänelle sanomatta hiukan närkästyneellä äänellä: "tämän teen ainoastaan teille! Moser ei semmoista kalua ottaisi vastaankaan". "Teille" — sanalle panin erityisen painon, ja juuri vississä tarkoituksessa. Olin, näet, vihoissani. Hän punastui taas kuultuaan tämän "teille"-sanan, oli vaiti, mutta ei viskannut pois rahoja, vaan otti, — sitä se köyhyys on! Vaan sekös punastui! Minä käsitin, että olin loukannut häntä. Vaan kun hän oli mennyt pois, niin kysyin itseltäni yht'äkkiä: "tokko tämä voitto hänen ylitsensä todellakin maksaa kahta ruplaa?" He, he, he! Muistan, että juuri tämän kysymyksen tein kaksi kertaa: "maksaako? maksaako?" Ja nauraen ratkaisin sen itsekseni myöntävästi. Hyvin silloin olin iloissani. Eikä se ollut mikään häijy tunne; minä tein sen tahallani, varta vasten tahdoin koetella häntä, sillä minussa alkoi yht'äkkiä liikkua omituisia ajatuksia hänestä. Tämä oli kolmas erityinen ajatukseni hänestä.

... Ja siitä se kaikki sitte alkoikin. Tietysti minä oitis koetin ottaa selkoa kaikista asioista salaa ja odotin hänen tuloansa hyvin kärsimättömänä. Minäpä aavistinkin, että hän tulisi kohta. Ja kun hän tuli, ryhdyin hänen kanssansa ystävälliseen puheluun tavattoman kohteliaasti. Minä, näet, olen saanut hyvän kasvatuksen ja osaan käyttäytyä. Hm... Silloinpa juuri minä oivalsin, että hän on hyvä ja lempeäluontoinen. Hyvät ja lempeäluonteiset eivät pane kauan vastaan ja vaikka yleensä eivät ole varsin avosydämisiä, niin eivät osaa ollenkaan välttää puhelua:

vastaavat saidasti, vaan vastaavat kuitenkin, ja mitä etemmä, sitä enemmän, vaan ei saa itsekään väsyä, jos jonkin perille pyrkii. Tietysti ei hän minulle mitään selittänyt. Perästä päin vasta sain niinä tietää tuosta "Golos"-lehdestä ja kaikesta. Silloin pani hän lehteen ilmoituksia tuon tuostakin, alussa, tietysti, ylpeästi: "kotiopettajatar, muka, suostuu matkustamaan, vastaus ehdoista lähetettävä suljetussa kirjeessä", vaan sittemmin: "suostuu kaikkiin, sekä opettamaan että seuranaiseksi, sekä taloutta että sairasta hoitamaan, ja ommella osaa", j.n.e., j.n.e., kaikki, niinkuin on tavallista! Tietysti lisättiin tämä kaikki ilmoituksiin eri kerroilla, vaan kun lopuksi epätoivo valtasi, niin suostui jo "palkatta, leivästä". Vaan ei saanut paikkaa! Silloin päätin minä tehdä viimeisen koetuksen: otin yht'äkkiä sen päivän numeron ja näytin hänen ilmoituksensa: "Nuori nainen, täysi orpo, etsii paikkaa pienten lasten opettajattarena, mieluimmin iäkkään leskimiehen luona. Osaa auttaa talouden hoitamisessa".

— Näettekös, tämä ilmoitus on painettu tänä aamuna, ja iltasella hän saa varmaan jo paikan. Niin sitä pitää ilmoittaa!

Hän punastui taas, taas alkoivat hänen silmänsä hehkua, hän kääntyi ja meni oitis pois. Minä olin hyvin mielissäni. Muutoin olin jo varma kaikesta enkä pelännyt mitään: hammasluistahan ei kukaan huoli. Ja hammasluuthan olivat häneltä jo lopussa. Niinpä kävikin, kolmantena päivänä taas tulikin, ihan kalpeana, hädissänsä, — minä käsitin, että hänelle oli jotakin tapahtunut kotona, ja niinpä todella laita olikin. Selitän heti, mitä oli tapahtunut, mutta ensiksi tahdon vaan muistella, kuinka yht'äkkiä osasin kohota hänen silmissänsä. Päähäni pälkähti yht'äkkiä tuuma. Asian laita oli se, että hän toi tämän jumalan-kuvan (raskitsipa tuoda)... Vaan, kuulkaahan! kuulkaahan! Nyt se jo alkaa, tähän asti olen vaan sekaantunut... Seikka on se, että tahdon mainita kaikki, jokaisen pienimmänkin seikan, joka ainoan piirteen. Minä tahdon vaan yhteen kohtaan koota ajatukseni, vaan — en voi, mutta kas tässä yksityisseikat...

Neitsyt Marian kuva... neitsyt Maria lapsen kanssa, vanha perheenomaisuus, varustettu kulloitetulla hopeaympäryksellä, — maksaa — no, noin kuusi ruplaa se maksaa. Minä näin, että kuva oli hänelle kallis, vaan hän tahtoi pantata kaikki, ottamatta kehystä pois. Minä sanoin hänelle: parempi olisi ottaa kehys pois ja pitää kuva; jumalankuvaa on kuitenkin, tuota, niinkuin vaikea...

— Onkos se kielletty?

— Eikä ole kielletty, mut' niin vaan, ehkä, te itse... —

— No, ottakaa pois se.

— Tiedättekö mitä, minä en ota sitä pois, vaan panen sen tuonne jumalankuva-kaappiin, — sanoin minä, mietittyäni, — muiden kuvien joukkoon, lampun alle (minulla paloi aina lamppu konttoorini ollessa auki), ja ottakaa nyt vaan kymmenen ruplaa:

— Minä en tarvitse kymmentä, antakaa vaan viisi, kyllä minä sen lunastan varmaan.

— Vai kymmentä ette tahdo? Kuva sen kuitenkin maksaa, — lisäsin minä, huomattuani, että hänen silmänsä taas alkoivat hehkua. Hän oli vaiti. Minä toin hänelle viisi ruplaa.

— Älkää ylenkatsoko ketäkään, minä olen itse ollut samassa pälkähässä, vieläpä pahemmassakin, ja jos nyt näette minut tällaisessa toimessa... niin tapahtuu se seurauksena siitä, mitä olen kärsinyt...

— Te kostatte yhteiskunnalle? Niinkö? keskeytti hän minut yht'äkkiä, hyvin pilkallinen hymy huulilla, jossa, muutoin, oli paljon viatonta (s.o. ylipäänsä vaan, sillä silloin ei hän ollut vielä tehnyt eroitusta minun ja muiden välillä, niin että hän sen sanoi melkein loukkaamatta.) Vai niin, ajattelin minä, vai sellainen sinä olet, luonteesi tulee ilmi, uuden suunnan ihmisiä ollaan.

— Näettekö, huomautin minä heti, puoleksi leikillä, puoleksi salamielisesti: "Minä — minä olen osa sitä kokonaista, joka aina pahaa suo, vaan aina hyvää luo"...

Hän katsahti minuun pikaisesti ja hyvin uteliaasti, vaan tässä katseessa oli kuitenkin paljon lapsellista.

— Odottakaa... Mikä ajatus se oli? Mistä se oli? Minä olen kuullut sen jossakin...

— Älkää vaivatko päätänne; sillä lauseella esittää Mefistofeles itsensä Faustille. Oletteko Faustia lukenut?

— E-en tarkkaan.

— Se on, ett'ette ole sitä ollenkaan lukenut. Vaan se on teidän luettava. Mutta minä näen taas huulillanne pilkallisen piirteen. Pyydän, älkää luulko minussa olevan niin vähän ymmärrystä, että, kaunistaakseni lainanantajan virkaani, tahtoisin esiintyä teille Mefistofeleena. Lainanantaja pysyy sinänsä. Se me kyllä tiedetään.

— Te olette niin kummallinen... Enhän minä tahtonut ollenkaan sanoa teille mitään sellaista...

Hän tahtoi sanoa: Minä en odottanut, että te olisitte sivistynyt ihminen, vaan hän ei sitä sanonut; kuitenkin tiesin minä, että hän niin ajatteli. Minä olin häntä kovin kummastuttanut.

— Näettekö, huomautin minä, joka alalla voipi tehdä hyvää. Minä en, tietysti, puhu itsestäni, sillä minä en tee muuta kuin pahaa vaan...

— Tietysti voi jokaisella paikalla hyvää tehdä; sanoi hän, luoden minuun nopean ja läpitunkevan katseen. "Niin juuri, jokaisella paikalla", lisäsi hän yht'äkkiä. Oi, minä muistan, minä muistan kaikki nuo silmänräpäykset! Ja tahdon lisätä, että kun tuo nuoriso, tuo herttainen nuoriso tahtoo sanoa jotakin viisasta ja sattuvaa, niin se yht'äkkiä osoittaa liian suoraan ja selvään kasvoissaan, että: "kas nyt, muka, minä sanon sinulle jotakin viisasta ja sattuvaa" — eikä tämä ole kerskaavaisuutta niinkuin meikäläisellä, vaan näkyy suorastaan, että he itse pitävät sitä arvossa, ja uskovat, ja kunnioittavat, ja luulevat, että muutkin aivan samallalailla sitä kunnioittavat. Oi sitä suoramielisyyttä! Silläpä sitä voittaakin. Ja hänessäpä se oli ihanaa!

Muistan kaikki, en mitään ole unhoittanut. Kun hän oli mennyt ulos, tein oitis päätökseni. Samana päivänä lähdin viimeiselle tiedustelumatkalleni ja sain kuulla hänestä koko jäljellä olevan salaisuuden; hänen entisen elämänsä olot olin saanut tietää Lukerialta, joka silloin oli palvellut heidän luonaan ja jonka jo muutamia päiviä sitte olin saanut puolelleni. Tämä salaisuus oli niin hirveä, ett'en ymmärrä, kuinka enää saattoi nauraa, niinkuin hän taannoin, ja kysellä Mefistofeleen sanoista, kun itse oli niin kauheassa tilassa. Mutta — se on sitä nuorisoa! Juuri tätä ajattelin hänestä silloin ylpeänä ja iloisena, sillä sehän osoitti mielen jaloutta: vaikka hän, näet, olikin turmion partaalla, niin saivat Goethen ylevät sanat kuitenkin hänen loistamaan. Nuoruus on aina jalomielinen, vaikkapa vähässä ja usein väärässäkin. Minä, näet, puhun vaan hänestä yksistänsä. Ja pääasia on, että minä pidin häntä jo ikäänkuin *omanani*, enkä epäillyt yli-vallastani. Tiedättekös, se on ylen hekumallinen ajatus, kun ei enää epäile.

Vaan mitäs minä. Jos minä näin jatkan, niin koska minä saan kaikki yhteen kohtaan kootuksi. Pikemmin, pikemmin — sehän ei ollut ollenkaan sitä, mitä ai'on sanoa.. Herra Jumala!

II.
Naimatarjoomus.

"Salaisuuden", jonka sain kuulla hänestä, selitän tässä lyhykäisyydessä: hänen isänsä ja äitinsä olivat jo ammoja aikoja kuolleet, kolme vuotta jo ennenkuin hän jäi kunnottomien tätiensä luo. Onpa liian vähäkin sanoa heitä kunnottomiksi. Toinen heistä oli leski, jolla oli iso perhe — kuusi lasta, toinen toistaan pienempiä — toinen oli iäkäs ja häijy vanhapiika. Vaan molemmatkin olivat häijyjä. Hänen isänsä oli ollut virkamies, kirjuri pelkästään ja ainoastaan personallista aatelia: kaikki aivan kuin minua varten. Minä olin kuin ylemmästä mailmasta ikään: yhtä kaikki olin virasta eronnut, loistavan rykmentin alakapteeni perintö-aatelia, itsenäinen mies j.n.e., ja mitä lainakassaan tuli, niin voivat tädit katsella sitä ainoastaan kunnioituksella. Tätiensä luona oli hän ollut kolme vuotta orjuudessa, vaan oli kuitenkin jossakin tutkinnon suorittanut, — olipas ehtinyt suorittaa, olipas keinon keksinyt, vaikka joka päivä armottomasti työtä teki; — ja se merkitsee, että hänessä löytyi pyrintöä johonkin korkeampaan ja jalompaan! Vaan miksikäs minä sitte naida tahdoin? Vaan minusta vähät, siitä sittemmin... Ja siitäkös sitte kysymys on! — Tätiensä lapsia hän opetteli ja ompeli paitoja, vaan lopulta ei ainoastaan sitä tehnyt, vaan lattioitakin pesi, hän, tuo heikkorintainen. He häntä, suoraan sanoen, pieksivät ja soimasivat joka leipäpalasta. Ja päättivät sillä, että aikoivat myödä hänen. Hyi! Minä jätän mainitsemattakin sellaisen häpeän. Sittemmin kertoi hän minulle tarkkaan kaikki. Tätä kaikkea piti silmällä kokonaisen vuoden ajan naapuri, muudan rihkamakauppias, joka ei kuitenkaan ollut vaan pelkkä rihkamakauppias, sillä hänellä oli kaksi hedelmämyömälää. Hän oli jo kaksi vaimoa menettänyt ja etsi kolmatta, ja siinäpä hän tämän hoksasikin: "hän on, näet, hiljainen, on kasvanut köyhyydessä, ja minähän nainkin vaan orpojani varten". Hänellä oli todellakin lapsia. Kosi, alkoi hieroa sopimusta tätien kanssa, sitä paitse oli hän viidenkymmenen vanha. Tyttö kauhistui. Ja siihen aikaan juuri hän alkoi käydä luonani saadakseen ilmoituksia "Golos"-lehteen. Vihdoin alkoi hän rukoilla tätiään, että he antaisivat hänen ajatella edes pikkaraisen aikaa vaan. Hänelle se myönnettiin, vaan enempää ei, ja nytpä alkoivat ahdistaa häntä: "Itsekään emme tiedä mitä suuhun panna ilman liikaakin suuta". Minä tiesin jo kaiken tämän, vaan sinä päivänä vasta tein päätökseni.

Iltasella tuli heille kauppias, tuoden puodistaan viidenkymmenen kopekan edestä makeisia; tyttö istui hänelle seuraa pitämässä, kun minä kutsutin hänen Lukerialla kyökistä ulos ja käskin kuiskuttamaan hänelle, että minä olin portilla ja halusin sanoa hänelle jotakin heti paikalla. Minä olin silloin itseeni hyvin tyytyväinen. Ja ylipäänsä olin koko sen päivän hirveän tyytyväinen.

Siinä portilla selitin minä Lukerian läsnä ollessa hänelle, joka jo oli hämmästynyt siitä, että olin kutsuttanut hänen ulos, selitin että pidin onnena ja kunniana... Toiseksi, ett'ei hän kummastelisi tapaani, että minä näin portilla... ja että minä olen rehellinen mies ja olen asiasta selon ottanut. Enkä minä valehdellutkaan, sanoessani olevani rehellinen mies. Vaan siitä vähät! Ja puhuinpa en ainoastaan soveliaalla tavalla, s.o. osoittaen olevani hyvin kasvatettu ihminen, vaan olipa kosimiseni omituinenkin, ja se on pääasia. Vai onko paha sitä tunnustaa? Minä olen tahtonut tuomita itseäni ja teenkin sen. Minun tulee puhua sekä vastaan että myötä, ja niin puhunkin. Perästäpäin muistelen tätä mielihyvilläniikin, vaikka se on tyhmää: minä ilmaisin silloin suoraan, häpeämättä, että, ensiksikin, en ole varsin lahjakas, en varsin viisas, kentiesi, en varsin hyväluontoinenkaan, vaan helppohintainen egoisti (minä muistan tämän lausuman, minä keksin sen silloin sinne mennessäni ja olin tyytyväinen) ja että minussa ehkä on monta hyvin pahaa puolta muissa suhteissa. Kaiken tämän sanoin omituisella ylpeydellä, — tiettyhän se on kuinka semmoista sanotaan. Luonnollisesti minulla oli niin paljon ymmärrystä, että, ilmaistuani jalosti puutteeni, en jättänyt ilmaisematta ansioitanikaan: "vaan sen sijaan, muka, on minulla sitä ja sitä ja sitä". Minä näin, että hän vielä pelkäsi hirveästi, mutta minä en lieventänyt mitäkään, vaan vieläpä, sen nähdessäni, varta vasten lisäsin kovuutta: sanoin suoraan, ett'ei hänen tarvitse nälkää nähdä, vaan mitä pukuihin, teaatteriin ja tanssijaisiin tuli, — niin siitä ei puhettakaan; kentiesi vast'edes, kun olisin tarkoitukseni saavuttanut. Tämä ankara puheen tapa kasvoi yhä kasvamistaan. Minä lisäsin, ja myöskin aivan kuin sivumennen, että jos olin ryhtynyt tällaiseen toimeen, s.o. lainakassan pitäjäksi, niin oli minulla vaan muudan tarkoitus, oli muka muudan sellainen seikka... Vaan minulla oli oikeuskin niin puhua, sillä minulla oli todellakin muudan sellainen tarkoitus ja sellainen seikka. Odottakaahan, hyvät herrat, minä olen koko ikäni vihannut tällaisia kassoja, vaan vaikka todella on naurettavaa puhua itsekseen salaperäisesti, niin sittenkin olen tahtonut "kostaa yhteiskunnalle". Se on totta, totta, totta! Senpä tähden hänen sukkeluutensa sinä aamuna siitä, että minä muka "kostan", oli häijysti sanottu minua vastaan. S.o. näettekö, jos olisin sanonut hänelle suoraan: "Niin kylläkin, minä kostan yhteiskunnalle", niin olisi hän purskahtanut nauruun, kuin eräänä aamuna, ja silloin se olisi todellakin ollut naurettavaa. Vaan saattoipas syrjäisillä viittauksilla ja lausumalla salaperäisiä sanoja, kiihottaa hänen mielikuvitustansa. Sitä paitse en enää pelännyt mitäkään: tiesinhän minä, että tuo lihava kauppias oli hänelle joka tapauksessa inhoittavampi minua ja että minä, portilla seisoessani, olin hänelle kuin pelastuksen enkeli. Sen minä kyllä ymmärsin. Oi, konnuudet ihminen ymmärtää erinomaisen hyvin! Mutta olikos se sitte konnuutta? Kuinka siinä on ihmistä tuomittava? Enkös minä sitte häntä jo silloin rakastanut?

Odottakaahan: tietysti minä en silloin maininnut hänelle hyvänteosta puolta sanaakaan; päin vastoin, aivan päin vastoin: "kiitollisuuden velassa olen, muka, minä ettekä te?" Sen minä lausuin suorin sanoinkin, en malttanut olla sanomatta, ja se näytti, kentiesi, typerältä, sillä huomasin hänen kasvoissansa pikaisen rypyn. Mutta kokonaisuudessa oli voitto kuitenkin minun puolellani. Odottakaahan: jos kerran muistelen kaikkea tätä törkyä, niin mainitsen viimeisenkin sikamaisuuden: minä seisoin siinä ja päässäni liikkui ajatus: sinä olet pitkä, muhkea mies, hyvin kasvatettu ja — ja, vihdoin, kerskaamatta puhuen, et ole ollenkaan ruma. Semmoista silloin ymmärrykseni soitteli. Tietysti hän minulle siinä portilla sanoi: otan. Vaan... vaan minun täytyy lisätä: hän ajatteli siinä kauvan, ennenkuin sen sanoi. Niin mietti, niin mietti, että minä jo olin kysyä: "no, kuinkas?" — enkä malttanutkaan, vaan niin komeasti kysäsin: "no kuinkas sitä?"

— Odottakaa, minä mietin, vastasi hän.

Ja niin vakavat olivat hänen somat kasvonsa, niin, että — mitä kaikkia niissä olisinkaan jo silloin voinut nähdä! Vaan minäpä pahastuin: "vai", ajattelin mini, "horjuu hän minun ja tuon kauppiaan välillä?" Oi, silloin minä en vielä käsittänyt! En mitään, en mitään minä silloin vielä käsittänyt! Tähän päivään saakka en ole mitään käsittänyt! Minä muistan, että Lukeria juoksi minun jälkeeni, kun jo olin mennyt pois, seisautti minut tiellä ja sanoi kiireissään: "Jumala palkitsee teitä, herra, että otatte meidän kauniin neitimme, vaan älkää hänelle siitä mitään puhuko, hän on niin ylpeä".

Ylpeä! Minä, näet, itsekin rakastan hieman ylpeitä. Ylpeät ovat erittäinkin kauniita, kun... no kun ei enää epäile vallastaan heidän yli, eikö niin? Oi kelvotointa, kömpelöä ihmistä! Oi kuinka minä olin tyytyväinen! Tiedättekö, että hän, kun hän siinä portilla seisoi miettien, antaisiko minulle myöntävän vastauksen, vai ei, ja minä ihmettelin, tiedättekö, että hän silloin saattoi ajatella näin: "Jos kerta onnettomuus on tullakseen kumpaisellakin taholla, niin eikö ole parempi suoraan valita pahempi, s.o, tuo lihava kauppias; lyököönpähän, muka, pikemmin humalainen minut kuoliaaksi!" Vai, kuinka luulette, saattoihan hän niin ajatella?

Ja nytkään en ymmärrä mitäkään! Minä sanoin vast'ikään, että hän saattoi niin ajatella: valitako kahdesta onnettomuudesta pahempi, s.o. kauppias. Vaan kumpi oli hänelle silloin pahempi? Kauppiasko vai Goetheä siteeraava lainanantaja? Se on vielä kysymys! Mikä kysymys? Sitäkään et ymmärrä: vastaus makaa pöydällä ja sinä sanot: kysymys! Vaan minusta vähät! Minusta ei ole puhettakaan. Ja, parhaaksi, mitä minä nyt siitä — minustako puhe on vai ei? Sitäpä en osaa ollenkaan ratkaista. Parempi olisi panna maata. Päätäni kovin kivistää...

III.
Kunnollisin ihminen vaan itsekään en usko.

Minä en nukkunut. Ja vieläkös sitä, kun päässä sellainen valtimus sykkii. Tahdon muistella tätä kaikkea lokaa. Oi, sitä lokaa! Oi, mistä lo'asta minä silloin hänen vedin ylös! Pitihän hänen ymmärtää se, antaa arvo teolleni!... Minua miellytti myös monta seikkaa, esimerkiksi se, että minä olin yhden viidettä ja hän tuskin kuudentoista vanha. Tämä minua viehätti, tämä tunne; suloinen se oli, hyvin suloinen.

Minä tahdoin, esimerkiksi, viettää häät *à l'anglaise*, s.o. aivan kahdenkesken, ainoastaan kahden todistajan läsnäollessa, joista toinen oli Lukeria, ja sitte oitis rautatielle, vaikkapa esimerkiksi Moskovaan (sinne minulla oli parahaksi asiaa) johonkin hotelliin kahdeksi viikoksi asumaan. Vaan hän vastusti sitä, ei suostunut ja minun täytyi mennä tätien luo kunnioitustani osoittamaan aivan kuin olisin heiltä saanut hänen. Minä myönnyin ja osoitin tädeille asianomaista kunnioitusta. Lahjoitinpa vielä noille luontokappaleille kullekin sata ruplaa ja lupasin enemmänkin, tietysti kuitenkaan hänelle mitään sanomatta, etten pahoittaisi häntä näiden halpojen asioiden kautta. Tädit kävivät oitis pehmeiksi, kuin silkki. Riideltiinpä myötäjäisistäkin: hänellä ei ollut niin mitään, vaan eipä hän mitään tahtonutkaan. Minun onnistui kuitenkin vakuuttaa häntä, että ilman mitään ei käynyt laatuun ja kapiot tein minä, sillä kukapa hänellä olisi muutoin mitään tehnyt? Vaan minusta vähät. Kuitenkin ehdin minä silloin lausua muutamia mielipiteitäni, että hän ainakin ne tietäisi. Ehkäpä liiaksikin kiirehdin. Pääasia on, että hän alusta alkaen osoitti rakkautta minua kohtaan, vaikka olikin umpiluontoinen; iltasin, kun tulin, otti hän minua ihastuneena vastaan, kertoi minulle jokeltaen, (niin viattoman viehättävästi!) koko lapsuutensa ajan, nuoruudestaan, kodistaan, isästään ja äidistään. Vaan minä valoin koko tuon hurmoksen kerrassaan kylmällä vedellä. Ja tämä minun mielipiteeni olikin. Ihastuksiin vastasin minä vaiti-ololla, hyvänsuovalla, tietysti... mutta kuitenkin huomasi hän pian, että oli ero välillämme ja että minä olin — arvoitus. Ja sitäpä minä pääasiallisesti tahdoinkin! Ehkäpä vaan arvoituksen takia olin koko tämän tuhmuuden tehnytkin! Ensiksi, ankaruus, — ankaruuden muodossa toin hänen taloonikin. Sanalla sanoen, silloin, kävellessäni ja ollessani tyytyväinen, suunnittelinkin koko systeemiin. Ja ilman mitäkään väkinäisyyttä valui se itsestään esiin. Eikä muutoin ollakaan saattanut, minun täytyi tehdä tämä systeemi vastustamattomasta syystä, vaan mitäs minä, todella, herjaankaan itseäni! Systeemi oli oikea. Vaan ei, kuulkaahan, jos kerran ihmistä tuomitsee, niin tuomittakoon, asiaa tuntien... Kuulkaahan:

Kuinkas sitä alkaisin, sillä se on hyvin vaikeaa. Kuu alkaa puolustaida, niin se se vaikeaa onkin. Näettekös: nuoriso halveksii esimerkiksi rahaa, — vaan minä ylistin oitis rahoja; annoin arvoa rahoille. Ja niin ylistelin, että hän alkoi yhä enemmän olla vaiti. Siristi vaan suuria silmiänsä, kuunteli, katseli ja oli vaiti. Näettekös: nuoriso on jalomielinen, se hyvä nuoriso, näet, se on jalomielinen! ja kiivas, mutta suvaitsevaisuutta siinä löytyy vähän; niin pian kuin jokin vaan ei ole niin, niin on ylenkatse valmis. Ja minä taas tavoittelin suuruutta, tahdoin istuttaa suuruutta suorastaan sydämmeen, istuttaa sitä sydämelliseen katsantotapaan, niinhän? Minä otan kehnon esimerkin: kuinka minä, esimerkiksi, olisin selittänyt lainakassani sellaiselle luonteelle? Tietysti en minä sitä ottanut suorastaan puheeksi, sillä muutoin olisi näyttänyt, että minä pyysin anteeksi lainakassani tähden, vaan minä toimin, niin sanoakseni, ylpeästi, puhelin melkein vaitiolemalla. Ja minä olen mestari vaitiolemalla puhumaan, minä olen koko ikäni

23

siten puhunut, olenpa itsekseni näytellyt vaitiolemalla kokonaisia murhenäytelmiä. Oi, olenhan minäkin ollut onnetoin! Minä olen ollut kaikkien hylkäämä ja unhottama, eikä kukaan, ei kukaan sitä tiedä! Ja yht'äkkiä on tuo kuusitoista vuotias haalinut kokoon minusta kaikellaisia yksityis-asioita kelvottomilta ihmisiltä ja luulee tietävänsä kaikki, vaikka kaikkein salaisin, kuitenkin, on jäänyt tämän miehen sydämmen sopukkaan! Vaan minä vaan olin vaiti, ja varsinkin, varsinkin hänen kansansa olin vaiti, ihan eiliseen päivään asti, — vaan miksikä olin vaiti? Ylpeydestä vaan. Minä tahdoin, että hän itse saisi tietää, ilman minutta, vaan ei enää kelvottomien ihmisten kertomuksista, mutta että itse arvaisi ja käsittäisi, mikä mies olin! Ottaessani hänen talooni, tahdoin täydellistä kunnioitusta itseäni kohtaan. Minä tahdoin, että hän seisoisi edessäni rukoillen kärsimyksieni puolesta — ja minä ansaitsin sitä. Oi, minä olen aina ollut ylpeä, minä olen aina tahtonut joko kaikkia tahi ei mitään! Ja juuri sentähden, ett'en tahtonut puolta onnea, vaan kaikkia — sen tähden juuri olinkin pakotettu silloin siten toimimaan: "että, näet, arvaahan asia itse ja pidä arvossa!" Sillä, myöntäkäähän itse, että jos itse olisin ruvennut hänelle selittämään ja kuiskaamaan, kiertelemään ja kunnioitusta anomaan — niin olisi se ollut sama, kuin jos olisin almua pyytänyt... Vaan mitäpäs... vaan mitäpäs minä siitä puhun!

Tuhmaa, tuhmaa, tuhmaa ja tuhmaa! Minä ilmoitin hänelle silloin suoraan ja säälimättä (ja minä panen painon siihen, että tein sen säälimättä) parilla sanalla, että nuorten jalomielisyys on oiva asia, vaan ett'ei se maksa niin niitäkään. Ja miksikä ei maksa? Siksi, että sen helpolla saapi, ilman elämän kokemusta; kaikki tämä on, niin sanoakseni, "olemisen ensimmäisiä tuntemia", vaan katsotaanpas heitä työssä! Olla jalomielinen on aina helppo asia, jopa elämänsäkin uhrata — ja sekin on helppoa, sillä siinä veri kiehuu ja voimia on ylenmäärin, kauneutta hirveästi mieli tekee! Eikäpä, vaan ottakaapa sitte jalomielinen urostyö, hyvin vaikea, hiljainen, huomaamatoin, loistotoin, herjattu, semmoinen, johon vaaditaan uhrausta paljon, vaan josta kunniaa ei lähde pisaraakaan, — jossa te, loistava mies, olette konnana kaikkien silmissä, vaikka olette rehellisin ihminen mailmassa, — niin koettakaapa silloin siihen työhön ryhtyä, ehei, ettepä uskalla! Ja minä, minä en ole koko ikänäni muuta tehnytkään, kuin siinä toimessa taistellut... Alussa riiteli hän hirveästi vastaan, vaan sitte alkoi olla vaiti, jopa ihan kokonaan, silmiänsä vaan kovin siristi kuunnellessaan, suuria, suuria tarkkaavia silmiänsä. Ja... ja paitse sitä huomasin minä yhtäkkiä tuon epäluottoisan, äänettömän, pahan hymyn. Ja tämä hymy huulilla astui hän talooni. Totta on sekin, ettei hänellä ollut enää minne mennä...

IV.
Yhä vain tuumia ja tuumia.

Kuka meistä silloin ensin alkoi?

Ei kukaan. Se alkoi itsestänsä, ihan alusta. Sanoin, että toin hänet talooni ankarin vaatimuksin, vaan jo alusta pitäen olin ystävällisempi. Jo hänen morsiamena ollessaan ilmoitin hänelle, että hänen toimeksensa tulisi panttien vastaanottaminen ja rahan ulosantaminen eikä hän silloin siihen mitään sanonut (huomatkaa se!) Jopa hän sitte ryhtyi oikein innolla työhön. Tietysti jäi asunto, huonekalut ja kaikki ennalleen. Asunnossamme on kaksi huonetta: toinen on iso sali, josta osa on väliseinällä jaettu kassahuoneeksi, toinen, myöskin iso huone, on meidän yhteinen ja samalla makuuhuonekin. Kalusto on huono, hänen tädillänsäkin se oli parempi. Jumalainkuvakaappini on salissa, jossa kassakin on; minulla huoneessani on kaappi, jossa on muutamia kirjoja ja arkku, jonka avaimet ovat minulla; sitä paitsi on sänky, pöytiä ja tuolia. Hänen vielä morsiamena ollessaan sanoin, että elannoksemme, se on ruoaksi minulle, hänelle ja Lukerialle, jonka sain luokseni houkutelluksi, olen määrännyt ruplan päivässä, ei enempää: "minun, näet, tuli saada kolmekymmentä tuhatta ruplaa kolmessa vuodessa, muutoin ei olisi raha-ansiota". Hän ei vastustellut, mutta minä korotin itse ruokarahan kolmellakymmenellä kopekalla. Samoin teatterikin. Olin sanonut hänelle, hänen morsiamena ollessansa, ettemme tulisi käymään teatterissa ja kuitenkin oltiin kerran kuukaudessa teatterissa, hyvillä paikoilla, permannolla. Me kävimme yhdessä, olimme kolme kertaa, näimme "Onnen etsinnän" ja "Pericholen", muistaakseni (mutta mitä joutavia!). Ääneti sinne menimme, ääneti palasimme takaisin. Miksikä, miksikä alusta alkaen rupesimme olemaan ääneti? Eihän alussa ollut riitaakaan, mutta vaiti yhä vain oltiin. Muistan, että hän silloin aina katsoi minuun ikäänkuin salaa: mutta kun sen huomasin, niin lisäsin vain vaitioloa. Totta on, että minä aloin vaitioloa käyttää eikä hän. Hänen puoleltaan oli pari ystävyyden osoitusta, jopa hän yritti syleilläkin minua; mutta kun nämä puuskat olivat sairaanomaisia, hysteerillisiä ja minä halusin lujaa onnea ja kunnioitusta, niin otin ne kylmästi vastaan. Ja minä olin oikeassa; joka kerta oli näiden puuskien jälkeen seuraavana päivänä riitaa.

Eikä oikeastaan mitään riitaa ollut lainkaan, mutta äänettömyyttä vain ja — ja yhä julkeampi oli hänen muotonsa. "Kapinaa ja itsenäisyyttä" — sitä se tiesi, mutta sitä hän vain ei osannut. Niin tuo lempeäluontoinen olento kävi yhä julkeammaksi. Uskotteko, minä muutuin hänelle saastaksi, minä sen huomasin. Ja siitä ei ollut epäilystäkään, että hän ajoittain joutui aivan suunniltaan. Mutta kuinkas sellaisesta loasta ja kurjuudesta tultua, jossa täytyi lattioita pestä, oli mahdollista kiukustua meidän köyhyytemme tähden? Nähkääs, ei se köyhyyttä ollut, vaan säästäväisyyttä, ja missä tarvitsi, siinä oli yltäkylläisyyttäkin niinkuin liinavaatteissa, puhtaudessa. Minä olen aina ennenkin ajatellut, että miehen puhtaus se on, joka vaimoa viehättää. Muutoin ei hän nurissut minulle köyhyydestäni, vaan minun muka saituudestani taloudessa: "tarkoituksensa hänellä siis on, tahtoo, näet, lujaa luonnetta osoittaa". Teatterista hän kieltäytyi yht'äkkiä itse. Ja yhä enemmän kasvoi pilkallinen ilme hänen kasvoissaan, mutta minäpä lisäsin äänettömyyttä, minä vain lisäsin äänettömyyttä.

Eikö sitte pitäisi puolustaida? Pääasia oli lainakassa. Suvaitkaahan: minä kyllä tiesin, ettei nainen, semminkään kuusitoistavuotias, voi täydellisesti miehelle alistua. Naisilla ei ole itsenäisyyttä, se on selviö, se on nytkin, nytkin minulle selviö. Mitäpä siitä, että hän tuolla salin pöydällä makaa: totuus on totuus eikä Stuart Millkään sille mahda mitään. Mutta rakastava nainen, oi, — hän jumaloitsee rakastetun olennon vikojakin, jopa hänen ilkitöitänsäkin. Eikä tämä itsekään keksisi ilkitöilleen sellaisia puolustussyitä, kuin nainen keksii. Se on kyllä jalomielistä, mutta ei itsenäistä. Naisia on turmellut juuri tämä itsenäisyyden puute. Ja mitäs? Sanon sen vieläkin, jos osoitatte minulle tuota pöytää? Onko se itsenäistä, mitä siinä pöydällä on? Oi — oi!

Kuulkaahan: hänen rakkaudestaan olin minä silloin vakuutettu. Heittäytyihän hän silloinkin kaulaani. Hän rakasti siis tahi, oikeammin sanoen, — tahtoi rakastaa.

Niinpä niinkin: hän halusi rakastaa. Ja pääasia on, ettei mitään sellaisia ilkitöitäkään ollut, joille hänen olisi tullut puolustusta etsiä. Te sanotte samoin kuin kaikki muutkin: lainananataja. Vaan mitäpä siitä, että olen lainananataja? Se merkitsee vain, että on olemassa syitä, jos mitä jalomielisin mies on ruvennut lainananatajaksi. Nähkääs, hyvät herrat, on aatteita... s.o. nähkääs, jos muutaman aatteen lausuu julki, sanoilla ilmaisee, niin tuntuu se hirveän tyhmältä. Itseäkin hävettää.

Mutta minkä tähden? Ei minkään tähden. Sen tähden, että olemme kaikki kelvottomia emmekä siedä totuutta, tahi en oikein tiedä minkätähden. Sanoin vastikään "jalomielinen mies". Se on naurettavaa, mutta kuitenkin se oli niin. Sehän on tosi, s.o. kaikkein totisin tosi! Niin, minulla *oli oikeus* silloin koettaa turvata asemaani ja avata tämä lainakassa; "te hylkäsitte minut, te, ihmiset, juuri te ajoitte minut pois ylenkatseellisella vaitiololla. Minun intohimoiseen pyrintööni vastasitte te koko elinaikani kestävällä loukkauksella. Minulla siis oli oikeus suojata itseäni seinällä, kerätä nuo kolmekymmentä tuhatta ruplaa ja päättää elämäni juoksu jossakin Krimin etelärannikolla, vuoristossa, viinitarhan keskellä, maatilallani, jonka ostaisin näillä kolmellakymmenellä tuhannella, vaan pääasiallisesti ollakseni kaukana teistä kaikista, mutta ilman vihaa teitä vastaan, ihanne sielussani, rinnallani rakastettu vaimo, perheen ympäröimänä, jos Jumala niin tahtoi, ja auttaen seudun köyhiä asujamia." Tietysti on hyvä, että tämän nyt puhun itsekseni, mutta olisikos ollut mitään tyhmempää, jos silloin olisin sanonut hänelle tämän ääneen? Siitä syystä istuimmekin silloin ylpeästi ääneti. Sillä mitä hän olisi ymmärtänyt? Kuudentoista vuoden vanha, aivan nuori vielä, — mitä olisi hän minun puolustuksistani, minun kärsimyksistäni ymmärtänyt. Hän oli suoraviivainen luonne, ei tuntenut elämää, hänen vakaumuksensa olivat nuoret ja helpolla saadut, hänessä oli tuota "kaunosielujen" lyhytnäköisyyttä, mutta pääasia olisi ollut lainakassa ja — siinä kaikki, (vaan olenkos minä ollut mikään hirviö lainanantajana, eikös hän ole nähnyt, kuinka minä olen menetellyt ja olenko liikaa ottanut?!) Oi, kuinka totuus on hirveä maan päällä!

Tämä ihana, tämä lempeä, tämä taivahinen olento, hän oli sieluni tyranni, kärsimätön tyranni ja kiusaaja. Minähän loukkaisin itseäni, ellen sitä sanoisi! Luuletteko, etten häntä rakastanut? Kuka saattaa sanoa, etten häntä rakastanut? Nähkääs, se oli ironiaa, se oli kohtalon häijyä ivaa! Me olemme kirotut, ihmisten elämä yleensä on kirottu! (Ja minun varsinkin!). Ymmärränhän sen nyt, että jossakin olin erehtynyt. Jotakin siinä kävi toisin. Kaikki oli selvä, tuumani oli kirkas kuin taivas: "Olla tyly, ylpeä eikä kaivata mitään henkisiä lohdutuksia ja kärsiä ääneti". Niin olikin, minä en ole valehdellut, en ole valehdellut. "Itsepähän sitte saa nähdä, että siinä oli jalomielisyyttä, jota hän ei osannut huomata, — ja kun sen joskus oivaltaa, niin antaa hän sille kymmenen kertaa suuremman arvon ja lankee tomuun rukoilemaan ristissä käsin". Semmoinen oli tuumani. Mutta jotakin siinä unhotin tahi jätin huomaamatta. Jotakin jäi siinä tekemättä. Mutta riittää jo, riittää! Ja keltä nyt anteeksi pyydän? Kun loppui, niin loppui. Rohkeutta, mies, ja ole ylpeä. Sinä et ole syypää...

Mitäs, minä puhun totta, en pelkää katsoa totuutta kasvoista kasvoihin: *hän* oli syypää, *hän* oli syypää...

V.
Lempeäluontoinen kapinoitsee.

Riita alkoi siitä, että hän yht'äkkiä rupesi antamaan rahaa omalla tavallaan, arvostelemaan pantteja kalliimmiksi, kuin ne maksoivat, jopa suvaitsi pari kertaa käydä väittelemäänkin kanssani siitä asiasta. Minä en antanut myöten. Vaan siihen paikkaan sattui tuo kapteenin rouva.

Ämmä tuli medaljonkineen — joka oli hänen miesvainajansa lahjoittama — suveniiri, näet. Minä tarjosin kolmekymmentä ruplaa. Hän alkoi katkerasti itkeä ja pyytää, että kalu säilytettäisi, — tietysti, se säilytetään. Sanalla sanoen, yht'äkkiä tuli hän viiden päivän kuluttua vaihtamaan sitä rannerenkaasen, joka ei maksanut kahdeksaa ruplaakaan; minä, tietysti, en siitä huolinut. Varmaan huomasi hän jotakin vaimoni silmistä, tuli jälleen minun poissa ollessani, ja tämäpä vaihtoikin hänelle medaljongin.

Saatuani sen tietää samana päivänä, nuhtelin siitä lempeästi, vaan lujasti ja järjellisesti. Hän istui sängyssä, katseli lattiaan ja koputteli oikean jalkansa terää mattoon (tämä oli hänen tapansa); ilkeä hymy oli hänen huulillansa. Silloin ilmoitin minä levollisesti, vähääkään ääntäni korottamatta, että rahat ovat minun, että minulla on oikeus katsella elämää omilla silmilläni, ja — että minä, ottaessani hänen talooni, en salannut häneltä mitäkään.

Hän hypähti yht'äkkiä ylös, alkoi yht'äkkiä kokonaan vavista ja — mitäs luulette — polki minulle yht'äkkiä jalkaansa; se oli peto, se oli vihanpuuska, se oli peto vihanpuuskassa. Minä kangistuin hämmästyksestä; semmoista menettelyä en ollut koskaan odottanut. Vaan minä en kadottanut malttiani, en tehnyt liikettäkään, ja taaskin samalla levollisella äänellä ilmoitin suoraan, että tästä saakka otan häneltä pois osallisuuden asioissani. Hän naurahti vastoin silmiäni ja lähti ulos talosta.

Seikka oli se, ett'ei hänellä ollut oikeutta lähteä ulos korttierista.
Ilman minutta ei minnekään, sellainen oli sopimuksemme jo kihlattuina.

Iltapuoleen hän palasi, minä en sanonut sanaakaan.

Seuraavana päivänä aamulla meni hän taas ulos, ylihuomenna samoin. Minä suljin kassan ja lähdin tätien luo, heidän kanssaan olin lopettanut tuttavuuden oitis häiden jälkeen, en tahtonut heitä luokseni enkä itse mennyt heidän luo. Nyt kävi vaimoni näköjään heidän luonansa. He kuuntelivat minua uteliaisuudella ja nauroivat minulle vasten silmiä: "Se oli", sanoivat, "teille oikein". Vaan heidän nauruansapa minä odotinkin. Samassa huusin minä nuorimman naimattoman tädin, annoin hänelle edeltäkäsin viisikolmatta ruplaa. Parin päivän kuluttua tuli hän luokseni, sanoen. "Asiaan on sekotettu muudan luutnantti Jefimovitsh, teidän entinen rykmenttitoverinne". Minä kummastuin kovin. Tämä Jefimovitsh oli tehnyt minulle enin pahaa rykmentissä, ja kuukausi sitten oli hän pari kertaa häpeämättä tullut lainakassaani, muka, panttaamaan jotakin, ja muistan, että hän alkoi silloin vaimoni kanssa naureskella. Minä menin silloin hänen luoksensa ja sanoin hänelle, ett'ei hän enää saisi tulla luokseni entisten asiaimme tähden; — vaan mitäkään ajatusta semmoisesta ei minun päähänikään pälkähtänyt, sillä luulin vaan, että hän muuten oli röyhkeä. Ja nyt ilmoitti täti yht'äkkiä, että heillä oli yhtymys määrätty ja että koko asiaa välitti muudan tätien entinen tuttava, everstin leski Julia Samsonovna; "hänen luonaan" sanoi, "vaimonne nyt käykin".

Tämän kohtauksen kerron lyhyesti. Kaikkiaan maksoi tämä asia minulle kolmesataa ruplaa, vaan kahdessa vuorokaudessa sain toimeen sen, että tulin seisomaan viereisessä huoneessa suljettujen ovien takana ja kuuntelin vaimoni ensimmäistä "kohtausta" Jefimovitshin kanssa. Odottaessa oli meillä sen päivän edellisenä päivänä lyhyt, mutta merkillinen keskustelu.

Hän oli palannut kotia illan suussa ja istui sängyn laidalla, katsellen minua pilkallisesti ja koputellen jalkaansa lattiaan. Katsellessani häntä, johtui yht'äkkiä päähäni ajatus, että hän koko viimeisen kuukauden, tahi, paremmin sanoen, kahden viimeisen viikon kuluessa, ei ollut ollenkaan luonteensa mukainen, voipipa sanoa — oli aivan luonteensa vastainen; edessäni oli raju, riitainen olento, joka ei juuri ollut häpeämätöin, vaan kelvotoin, ja itse kiusaa tavoitteleva. Hänen lempeytensä pidätti häntä kuitenkin. Kun sellainen raivostuu, niin, vaikka hän astuisikin rajan yli, siitä kuitenkin näkee, että hän itse vaan ponnistelekse, itseään vaan kiihottaa, ja että hänen itsensä on mahdotointa hillitä siveyttään ja häveliäisyyttään. Senpä tähden sellaiset toisinaan hyppäävätkin liian korkealle, niin ett'ei usko omaa tarkastavaa järkeänsäkään. Irstaisnuteen tottunut ihminen lieventää päinvastoin aina tekoaan, toimii häjymmin, vaan järjestyksen ja soveliaisuuden muodossa, ja vaatii itselleen etevyyttä muiden ylitse.

— Onko totta, että teidät ajettiin pois rykmentistä sentähden, että pelkäsitte kaksintaistelua? kysäsi hän yht'äkkiä, kuin pilvistä pudonneena, ja hänen silmänsä alkoivat hehkua.

— On, minua pyydettiin, upsierien päätöksen mukaan, poistumaan rykmentistä, vaikka jo itse sitä ennen olin antanut virka-ero hakemukseni.

— Pelkurina siis ajettiin pois?

— Niin, he tuomitsivat pelkuriksi. Mutta minä en kieltäytynyt kaksintaistelusta pelkurina, vaan sentähden, ett'en tahtonut alistua heidän itsevaltaiselle tuomiollensa ja vaatia kaksintaisteluun, koska en itse nähnyt löytyvän mitäkään loukkauksen syytä. Tietäkää, — en malttanut olla silloin sanomatta, — että, asettua sellaista itsevaltaisuutta vastaan ja ottaa päällensä kaikki seuraukset, se vaati paljoa enemmän miehuutta, kuin mikä kaksintaistelu tahansa.

Minä en voinut itseäni hillitä, vaan ryhdyin tällä lauseella itseäni puolustamaan; ja tätä hän vaan tarvitsikin, tätä uutta nöyrtymistäni. Hän hymähti häjynilkeästi.

— Onko sitte totta, että te kuljeskelitte kolme vuotta Pietarin katuja, kuin mikä kulkijain, ja kopekoita pyytelitte ja biljaardien alla yönne makasitte.

— Olinpa minä yötä Sennajallakin Wjasemskin kartanossa! [Wjasemskin kartano on tunnettuja kurjimman köyhälistön tyyssijoja. Suomentaja.] On, totta se on; elämässäni oli senjälkeen kuin rykmentin jätin, paljon häpeätä ja lankeemusta, vaan ei siveellistä lankeemusta, sillä silloinkin itse ensimmäisenä vihasin tekojani. Se oli ainoastaan tahtoni ja ymmärrykseni lankeemusta ja johtui yksinomaisesti epätoivoisesta tilastani. Vaan se on ollut ja mennyt...

— Niin, nyt olette suuri mies — rahamies!

Se oli viittaus lainakassaan. Vaan minä ehdin jo hillitä itseäni. Minä näin hänen himoitsevan itseäni halventavia selityksiä, vaan — minä en niitä hänelle antanut. Parahaksi soitti silloin panttaaja ja minä menin ulos saliin. Kaksi tuntia senjälkeen, kun hän jo oli pukeutunut ulos mennäkseen, seisattui hän eteeni ja sanoi:

— Vaan ettepähän siitä minulle mitään puhunut ennen häitämme.

Minä en vastannut mitään ja hän meni ulos.

Ja niin minä seisoin seuraavana päivänä siinä huoneessa oven takana ja kuuntelin, kuinka kohtaloni ratkaistiin, taskussa oli minulla revolveri. Hän istui päällysvaatteet yllä pöydän luona ja Jefimovitsh kiemaili hänen edessänsä. Ja kuinkas kävi? Kävi (ja minä sanon sen omaksi kunniakseni), aivan niin, kuin minä olin aavistanut ja olettanut, vaikka en täysin sitä tunnustanut, että niin aavistin ja oletin. En tiedä, lausunko ajatukseni kyllin selvään.

Nähkääs mitä tapahtui. Minä kuuntelin koko tunnin ja koko tunnin olin läsnä kaksintaistelussa jaloimman ja ylevimmän naisen ja kevytmielisen, paheellisen, typerän, matelevan luontokappaleen välillä. Ja mistä, ajattelin minä, hämmästyneenä, mistä tietää tämä suoramielinen, lempeäluonteinen, harvapuheinen olento kaiken tämän. Sukkelin ylhäismaailmallisten ilveilyjen kirjoittajakaan ei olisi osannut luoda sellaista kohtausta, täynnä pilkkaa, avomielisintä naurua ja sekä hyveen että paheen pyhää ylenkatsetta. Ja kuinka paljon loistoa hänen sanoissansa ja sanansutkauksissansa, mikä sukkeluus hänen vastauksissansa, mikä totuus hänen arvosteluissaan! ja kuinka paljon melkein neitsyeellistä viattomuutta samalla kertaa!

Vaimoni nauroi vasten silmiä hänen rakkauden tunnustuksillensa, hänen liikkeillensä, hänen ajatuksillensa. Toinen, joka oli tullut sinne käydäkseen suoraan asiaan käsiksi ja aavistamatta vastarintaa, oli kuin puulla päähän lyöty. Alussa olisin voinut luulla, että tämä oli vaan virnailemista — "sukkelan, vaikka turmeltuneen olennon virnailemista itseään kalliimmaksi tehdäkseen". Vaan ei, totuus loisti kuin aurinko, eikä ollut mitään epäilemistä.

Ainoastaan rajusta, teennäisestä vihasta minua vastaan saattoi hän, tämä kokematoin, suostua tähän yhtymykseen, vaan kun asiaan oli ryhdyttävä, niin aukenivat hänen silmänsä oitis. Tämä olento halusi vaan saada loukata minua jollakin, mutta vaikka hän oli ryhtynytkin sellaiseen likaiseen työhön, niin ei hän kuitenkaan sen likaa kärsinyt. Ja häntäkö, viatointa ja puhdasta, jossa ihanne asui, olisi Jefimovitsh tahi kukaan muu ylhäismaailmallinen luontokappale voinut viekoitella? Päinvastoin tämä mies vaan synnytti naurua. Totuus kohosi täydellisenä vaimoni sielusta ja paheksuminen esiinkutsui hänen sydämestänsä katkeran ivan. Sanon vieläkin, että tuo narri lopulta kokonaan ällistyi ja istui siinä synkkänä, tuskin vastaten hänelle, niin että aloin peljätä, ett'ei hän loukkaisi tätä naista pelkästä halvasta kostonhimosta. Ja taaskin sanon kunniakseni: minä seurasin tätä kohtausta melkein kummastumatta. Minä kohtasin ikäänkuin jotakin tuttavaa. Minä olin ikäänkuin sinne mennytkin sitä kohdatukseni! Minä menin sinne uskomatta mitäkään, mitäkään syytöstä, vaikka tosin kyllä olin ottanut revolverin taskuuni! Ja saatoinko minä ajatella häntä toisellaiseksi? Minkäs tähden minä rakastin häntä, minkäs tähden minä kunnioitin häntä, minkäs tähden minä nain hänet? Oi, tietysti minä tulin liiankin vakuutetuksi siitä, kuinka hän minua silloin vihasi, mutta samalla tulin vakuutetuksi siitäkin, kuinka viatoin hän oli. Minä keskeytin kohtauksen yht'äkkiä aukaisemalla oven.

Jefimovitsh hypähti ylös, minä tartuin vaimoni käteen ja pyysin häntä astumaan kanssani ulos. Jefimovitsh ei jäänyt varattomaksi, vaan purskahti yht'äkkiä heleään ja pitkään nauruun:

— Oi, pyhiä avio-oikeuksia minä en vastusta, viekää vaan pois, viekää vaan pois! Ja tietäkää, huusi hän jälkeeni, vaikka teidän kanssanne ei mikään kunnon mies saata taistella, niin olen kuitenkin, kunnioituksesta vaimoanne kohtaan valmis... Jos, muutoin, itse uskallatte...

— Kuuletteko! pysäytin minä vaimoni hetkeksi kynnykselle.

Sitte ei puhuttu koko matkalla sanaakaan kotiin asti. Minä saatoin häntä kädestä ja hän ei pannut vastaan. Päinvastoin oli hän hirveän hämmästynyt, vaan siksi kuin kotia tulimme. Saavuttuamme kotia, istui hän tuolille ja katsoa tuijotti minuun. Hän oli tavattoman kalpea; vaikka hänen huulensa heti kääntyivätkin pilkan hymyyn, niin katseli hän jo riemuitsevasti ja ankaran uhkaavasti ja varmaan oli hän ihan vakuutettu ensi hetkenä, että minä ammun hänen revolverilla kuoliaaksi. Vaan minä otin ääneti revolverin taskustani ja panin sen pöydälle. Hän katsoi minuun ja revolveriin. Huomatkaa: tämä revolveri oli hänelle jo tuttu. Se oli minulla ollut aina valmiina ladattuna hamasta kassani aukaisemisesta saakka. Au'aistessani kassaa, en ollut päättänyt pitää suuria koiria enkä väkevää palvelijaa, niinkuin, esimerkiksi Moserin on tapa pitää. Kävijöilleni avaa oven keittäjätär. Mutta meikäläisen on mahdotointa olla ilman itsepuolustusta ja minä hankin itselleni revolverin. Ensi päivinä sen jälkeen, kun hän oli tullut luokseni, huvitti häntä kovin tämä revolveri, hän kyseli yhtä ja toista ja minä selitin hänelle sen rakennuksenkin; sitä paitse, kehoitin häntä kerran maaliinkin ampumaan. Huomatkaa tämä kaikki. Huolimatta hänen peljästyneestä katseestansa, kävin minä puoleksi riisuutuneena makaamaan vuoteelle. Minä olin hyvin väsynyt; kello oli jo yhdentoista tienoilla. Hän istui istumistaan samalla paikallaan, liikahtamatta, vielä tunnin ajan, sitte puhalsi hän kynttelin sammuksiin ja kävi, myöskin puettuna, seinän luo sohvalle pitkäkseen. Se oli ensimmäinen kerta, jolloin hän ei ruvennut maata kanssani — huomatkaa sekin...

VI.
Hirveä muisto.

Nyt seuraa hirveä muisto...

Minä heräsin aamulla, luulen, kahdeksatta käydessä ja huoneessa oli jo melkein ihan valoisa. Minä heräsin kerrassaan täyteen tajuntaan ja aukaisin yht'äkkiä silmäni. Hän seisoi pöydän luona ja piteli revolveria käsissänsä. Hän ei nähnyt, että minä olin herännyt ja että katselin häntä. Ja yht'äkkiä näin minä, että hän alkoi lähestyä minua, revolveri kädessä. Minä suljin nopeasti silmäni ja olin sikeästi makaavinani.

Hän astui vuoteeni luo ja seisattui eteeni. Minä kuulin kaikki; vaikka kuoleman hiljaisuus vallitsi, niin kuulin minä senkin. Silloin tapahtui suonenvedontapainen liikahdus — ja minä aukaisin yht'äkkiä, vastoin tahtoani, silmäni, ja revolveri oli jo ohimojani vastassa. Silmämme kohtasivat toisensa. Mutta me emme katselleet toisiamme enemmän kuin silmänräpäyksen ajan. Minä sain taas töin tuskin silmäni suljetuksi ja samassa silmänräpäyksessä päätin sieluni kaikista voimista, ett'en enää hievahtaisi enkä aukaisisi silmiäni, tapahtuipa mitä hyvänsä.

Todellakin tapahtuu usein niin, että sikeää unta nukkuessa yht'äkkiä aukaisee silmänsä, jopa kohottaa silmänräpäykseksi päätänsäkin ja silmäilee huonetta ja sitte, hetkisen kuluttua, taas vaistomaisesti laskeutuu päänalaselle ja nukkuu, mitäkään muistamatta. Kun minä, kohdattuani hänen katseensa ja huomattuani revolverin ohimojeni luona, yht'äkkiä taas suljin silmäni enkä hievahtanut, vaan olin olevinani sikeässä unessa, — niin saattoi hän todellakin luulla, että minä makasin enkä ollut mitäkään nähnyt, olletikin, koska oli uskomatointa, että, nähtyään sen, mitä minä näin, saattoi sulkea silmänsä sellaisella hetkellä.

Niin, uskomatointa todellakin! Vaan hän saattoi kuitenkin arvata todenkin, — ja se ajatus välähtikin yht'äkkiä päässäni, aivan samassa silmänräpäyksessä. Oi, mikä ajatusten, tunteiden pyörre kiiti päässäni vähemmässä kuin silmänräpäyksessä, niin, eläköön ihmis-aatoksen sähkövoima! Siinä tapauksessa (tuntui minusta), että hän arvasi toden ja tiesi, ett'en maannut, masensin minä jo hänen sillä, että olin valmis kuolemaan ja hänen kätensä saattoi nyt vavista. Entinen päättäväisyys saattoi murtua uutta, tavatointa tuntemaa vastaan. Sanotaan, että korkealla seisovat ikäänkuin itsestään vedetään alaspäin pohjattomuuteen. Luulenpa, että monta itsemurhaa ja murhaa on tapahtunut sentähden vaan; että revolveri jo on ollut kädessä. Siinä on sama syvänne, siinä on neljänkymmenen viiden asteen kaltevuus, jota myöten ei voi olla luisumatta, ja vastustamatta siinä silloin laukaisee hanan. Mutta tajunta siitä, että minä olin kaikki nähnyt, kaikki tiesin ja odotin ääneti kuolemaa häneltä — saattoi pidättää häntä tällä kaltevuudella.

Äänettömyys jatkui ja vielä tunsin minä ohimoillani, hivuksissani raudan kylmän kosketuksen. Kysytte: toivoinko hyvin pelastuvani? Vastaan teille, kuin Jumalan edessä: minulla ei ollut vähintäkään toivoa, paitse ehkä sadasta yksi mahdollisuus. Miksikä minä odotin kuolemaa!? Vaan minä kysyn: mitä oli minulle enää elämä tämän revolveri-kohtauksen jälkeen? Revolverinhan oli kohottanut vastaani jumaloitsemani olento. Sitä paitsehan minä tiesin koko olemukseni kaikista voimin, että välillämme oli samassa silmänräpäyksessä olemassa taistelu, hirveä kaksintaistelu elämän ja kuoleman uhalla, kaksintaistelu juuri saman eilisen pelkurin kanssa, joka pelkuruuden tähden oli toverien pois karkoittama. Minä tiesin sen ja hän tiesi sen, jos vaan arvasi toden, ett'en minä maannut.

Kentiesi, sitä ei silloin ollut olemassa, kentiesi minä sitä en silloin ajatellutkaan, mutta tämän kaiken täytyi olla, vaikkapa ajattelemattakin, sillä minä en ole muuta tehnytkään, kuin sitä vaan ajatellut sittemmin, joka hetki elämässäni.

Mutta te kysytte taas: miks'en pelastanut häntä pahanteosta? Oi, minä olen tuhansia kertoja perästäpäin tehnyt itselleni tämän kysymyksen — joka kerta, kun, vilunväreet selässäni, olen tuota hetkeä muistellut. Mutta sieluni oli silloin synkässä epätoivossa, minä olin hukkumaisillani, minä olin itse hukkumaisillani, kuinkas minä olisin silloin voinut toista pelastaa! Ja mistä te tiedätte, tahdoinko minä silloin ketäkään pelastaa? Mistä sen tietää, mitä minä silloin saatoin tuntea?

Itsetajunta kiehui minussa kuitenkin: hetket kuluivat, kuoleman hiljaisuus vallitsi yhä, hän seisoi yhä edessäni, — ja yht'äkkiä minä säpsähdin toivosta! Minä aukaisin nopeasti silmäni. Hän ei ollut enää huoneessa, Minä nousin ylös vuoteelta: minä olin voittanut, — ja hän oli i'äksi voitettu!

Minä menin toiseen huoneesen teepöytään. Teekeittiö annettiin esille aina toisessa huoneessa ja hän kaatoi minulle aina teetä. Minä istuin pöytään ääneti ja otin häneltä teelasin. Viiden minuutin kuluttua katsahdin häneen. Hän oli hirveän vaalea, vielä vaaleampi kuin eilen, ja katseli minua. Ja yht'äkkiä — ja yht'äkkiä, nähdessään, että minä katsoin häneen, hymähti hän kalpeasti kalpein huulin, silmissä arka kysymys. "Siis hän yhä vielä epäilee ja kysyy itseltänsä: tietääkö hän vai eikö tiedä, näkikö hän vai eikö nähnyt!" Minä loin välinpitämättömästi silmäni syrjään. Teen juotuamme suljin kassani, menin torille ja ostin rautasängyn ja irtonaisen väliseinän. Tultuani kotia, käskin panna sängyn saliin ja väliseinän sen eteen. Tämä sänky oli hänelle, mutta minä en sanonut hänelle sanaakaan. Ja sanomatta käsitti hän tästä sängystä, että minä "olin kaikki nähnyt ja kaikki tiesin", ja ett'ei enää ollut mitään epäiltävää.

Yöksi jätin minä revolverin kuin ainakin pöydälle. Iltasella pani hän ääneti maata tähän uuteen vuoteesensa: aviomme oli rikottu, "hän oli voitettu, vaan ei ollut saanut anteeksi". Yöllä alkoi hän hourailla ja aamulla oli hän kuumeessa. Hän makasi vuoteen omana kuusi viikkoa.

Toinen osa.

I.
Ylpeyden Uni.

Lukeria ilmoitti minulle vast'ikään, ett'ei hän tahdo enää olla luonani ja, että hän, kun rouva on haudattu, — lähtee pois. Minä rukoilin polvillani viisi minuuttia, vaikka ai'oin rukoilla koko tunnin, mutta minä ajattelen yhä — ajattelen, ja yhä vaan sairaita ajatuksia, ja pääni on kipeä, — mitäs sitä rukoileekaan, — syntihän se olisi! Kummallista myöskin, ett'ei minua nukuta suuressa, liian suuressa surussa, ensimmäisten, kovimpien puuskien jälkeen aina nukuttaa. Kuolemaan tuomittujen sanotaan viimeisenä yönä makaavan tavattoman sikeästi. Ja niinhän ollakin pitää, sehän on luonnon mukaista, sillä muutoinhan eivät voimat kestäisi... Minä panin maata sohvalle, vaan en nukkunut...

* * * * *

... Kuusi viikkoa kestäneen sairauden kuluessa hoidettiin me häntä yötä ja päivää, — minä, Lukeria ja kokenut sairaanhoitajatar, jonka olin sairaalasta palkannut. Rahaa minä en säälinyt, jopa tahdoin sitä tuhlatakin hänen tähtensä. Minä kutsutin luoksemme tohtori Schröderin ja maksoin hänelle kymmenen ruplaa käynnistä. Kun vaimoni alkoi tointua, näytin hänelle itseäni vähemmin. Vaan mitäs minä kertoelenkaan? Kun hän jo oli noussut jalkeille, istui hän hiljaa ja ääneti erityisen pöydän ääressä, jonka myöskin ostin häntä varten siihen aikaan... Niin, se on totta, me olimme aivan ääneti; tuota, kyllähän me aloimme sitte puhella, vaan ihan jokapäiväisistä asioista. Minä tietysti en puhellut laajalti, vaan huomasinpa, ett'ei hänkään tahtonut liikoja sanoa. Minusta oli tämä aivan luonnollista hänen puoleltansa: "Hän oli liiaksi liikutettu ja liiaksi voitettu", ajattelin minä, "ja tietystihän pitää antaa hänen unhottaa ja tottua". Sillä lailla, sitä oltiinkin ääneti, mutta minä valmistauduin joka hetki tulevaisuutta varten. Minä ajattelin, mitä hänkin, ja minusta oli hirveän huvittavaa arvata: mitähän hän nyt juuri itsekseen ajattelee?

Sanon vieläkin: Oi, tietysti, ei kukaan arvaa, kuinka paljon minä kärsin, voihkiessani hänen tähtensä hänen sairautensa aikana. Mutta minä voihkin itsekseni, ja tukehdutin voihkaukseni rintaani Lukerialtakin. Minä en voinut ajatella, en voinut luullakaan, että hän kuolisi saamatta kaikesta tietää. Kun vaara jo oli ohitse ja hänen terveytensä alkoi palata, niin muistan, että rauhoituin pian ja hyvinkin. Vaan ei silläkään hyvä, minä päätin lykätä tulevaisuutemme niin kauaksi aikaa, kuin mahdollista ja jätin toistaiseksi kaikki entisellensä. Niin, silloin tapahtui minussa jotakin kummallista ja erityistä, muuksi en voi sitä sanoa: minä riemuitsin ja riemuni pelkkä tajuaminen näytti minusta aivan riittävältä. Siten kului koko talvi. Oi, minä olin tyytyväinen, tyytyväisempi kuin koskaan, ja siten olin koko talven.

Näettekö: minun elämässäni tapahtui muudan hirveä ulkonainen seikka, joka siihen saakka, s.o. tuohon tapaukseen asti vaimoni kanssa, joka päivä ja joka tunti masensi minua, se oli, näet, — maineeni menetys ja ero rykmentistä. Toisin sanoen: itsevaltainen vääryys minua vastaan. Totta on, ett'eivät toverini minua rakastaneet vaikean luonteeni ja kentiesi naurettavankin luonteeni takia, vaikka usein käy niinkin, että mielestänne ylevä ja kunnioitettava asia jostakin syystä näyttää tovereistanne naurettavalta. Oi, minua ei rakastettu koulussakaan. Minua ei ole rakastettu koskaan eikä missään. Minua ei Lakeriakaan voi rakastaa. Vaikka tapaus rykmentissä oli seurauksena siitä, ett'ei minua rakastettu, niin oli se epäilemättä satunnaista laatua. Minä sanon sen siksi, ett'ei löydy mitäkään harmillisempaa, ja tuskallisempaa, kuin hukkuminen sattumuksesta, joka saattaa tapahtua ja olla tapahtumatta, onnettomien asianhaarain paljoudesta, jotka olisivat voineet pilvinä kiitää ohitse. Nerokkaalle olennolle on tämä masentavaa. Tapaus oli seuraava:

Näytöksien väliajalla menin teaatterin bufettiin. Husaari A—v tuli siioin yht'äkkiä sisään ja alkoi kaikkien siinä läsnä olevien upsierien ja yleisön edessä kovalla äänellä puhua kahden muun husaarin kanssa siitä, että käytävässä oli rykmenttimme kapteeni Besumtsev vast'ikään tehnyt skandaalin "ja on luultavasti päissänsä". Siitä syntyi juttu, vaan siinä oli erehdys, sillä kapteeni Besumtsev ei ollut päissään eikä skandaali ollut oikeastaan mikään skandaali.

Husaarit alkoivat puhella toisista asioista, ja siihen se päättyikin, vaan seuraavana päivänä tunki juttu rykmenttiimme ja oitis aljettiin siellä puhella, että kun bufetissa ei meidän rykmentistämme ollut muita kuin minä yksinäni ja kun husaari A—v oli lausunut röyhkeitä sanoja kapteeni Besumtsevista, niin minä en ollut mennyt A—vin luo enkä keskeyttänyt häntä. Vaan miksi olisin sen tehnyt? Jos hän kerran oli vihoissansa Besumtseville, niin oli se heidän keskenäinen asiansa eikä minulla ollut siihen mitään sekaantumista? Sillä välin alkoivat upsierit olla sitä mieltä, ett'ei asia vaan koskenut heitä kahta, vaan koko rykmenttiä, ja koska meidän rykmenttimme upsiereja siellä ei ollut muita kuin minä, niin osoitin minä sillä bufetissa oleville upsiereille ja yleisölle, että meidän rykmentissämme löytyy upsiereja, jotka ovat niin välinpitämättömiä omasta ja rykmentin kunniasta. Minä en voinut olla yhtä mieltä siinä asiassa.

Minulle ilmoitettiin, että voin vielä kaikki korjata, jos vielä nytkin, näin myöhään, tahdon muodollisesti selittäidä A—

vin kanssa. Minä en sitä tahtonut ja kieltäydyin siitä ylpeästi, sillä olin kovin suutuksissani. Sen jälkeen ha'in oitis virkaeron — ja siinä koko juttu. Minä erosin ylpeänä, vaan henkisesti masennettuna. Minä lannistuin sekä tahtoni että ymmärrykseni suhteen. Silloin sattui juuri, että lankoni Moskovassa oli tuhlannut pienen omaisuutemme ja minunkin osani siitä, joka oli hyvin pieni, mutta minä jäin kuin jäinkin kopekatta kadulle. Minä olisin voinut ruveta yksityiseen palvelukseen, vaan en huolinut loistavaa sotilaspukua kannettuani, enkä voinutkaan ruveta johonkin rautatien virkaan. Ja siis — häpeä kuin häpeä, epäkunnia kuin epäkunnian lankeemus kuin lankeemus ja mitä pahempi, sitä parempi, — niin minä valitsin. Sitte seurasi kolme synkkien muistojen vuotta sekä olo Wjasemskin kartanossakin. Puolitoista vuotta sitte kuoli Moskovassa rikas eukko, kummini; hän kuoli odottamatta ja jätti muun muassa minullekin jälkisäännöksen mukaan kolme tuhatta ruplaa. Minä mietin ja silloin ratkaisinkin kohtaloni. Minä päätin au'aista lainakassan, pyytämättä ihmisiltä anteeksi; rahaa ja sitte oma nurkka ja — uusi elämä kaukana entisistä muistoista, se oli aikeeni. Sillä välin vaivasi minua kuitenkin joka hetki, joka minuutti synkkä mennyt aika ja kunniani i'äksi turmeltunut maine. Mutta silloin minä nain. Sattumako vai ei — en tiedä. Mutta tuodessani hänen talooni, tahdoin tuoda sinne ystävän, sillä kovin tarvitsin ystävää. Mutta minä näin selvään, että ystäväni oli valmisteltava, viimeiseltä voitettavakin. Ja voinkos minä niin kerrassaan selittää jotakin tuolle kuusitoistavuotiaalle ja vakuutuksiinsa perehtyneelle? Kuinka olisin voinut, esimerkiksi, ilman tuota satunnaista hirveää revolverikohtausta, vakuuttaa hänelle, ett'en ole pelkuri ja että minua väärin luultiin rykmentissä pelkuriksi? Mutta kohtaus sattui parhaaseen aikaan. Kestettyäni sen, sain kostetuksi koko synkän edellisyyteni. Ja vaikka ei kukaan muu siitä saanut tietää, niin saihan ainakin *hän*, ja se oli kaikki, mitä tahdoin, sillä hän oli kaikki minulle, haaveitteni koko tulevaisuuden toivo! Hän oli ainoa ihminen, jonka valmistin itselleni, enkä toista tarvinnutkaan, — ja hän se kaikki sai tietääkin, hän sai tietää ainakin, että väärin oli rientänyt yhdistymään minun vihollisteni joukkoon. Tämä ajatus ihastutti minua. Hänen silmissänsä en enää saattanut olla konna, vaan ehkä kummallinen ihminen ainoastaan, mutta tämä ajatus nyt, kaiken sen jälkeen, mitä oli tapahtunut, ei miellyttänyt minua ollenkaan niin paljon: kummallisuus ei ole vika, päinvastoin, se toisinaan paljon viehättää naisen luonnetta. Sanalla sanoen, minä lykkäsin tahallani toistaiseksi ratkaisun; mikä oli tapahtunut, oli kylliksi rauhalleni ja siinä oli kylliksi paljo kuvia ja aineksia haaveilulleni. Sepäs se onkin ilkeintä, että olen haaveksijaa: itselläni oli kylliksi aineksia, ja hänestä ajattelin minä, että kylläpähän *odottaa*.

Siten kului koko talvi ikäänkuin jotakin odottaessa. Minä katselin häntä mielelläni salaa, kun hän istui siinä pienen pöytänsä ääressä. Hän teki työtä, ompeli liinavaatteita ja iltasin lueskeli toisinaan kirjoja, joita hän otti kaapistani. Kirjojen valintakin kaapista näkyi myöskin todistavan minun edukseni. Hän ei käynyt melkein missään. Hämärän tullen päivällisen jälkeen saatoin minä häntä joka päivä kävelemään ja me jalotteliimme, vaan ei aivan äänetöinnä, niinkuin ennen. Minä varsinkin koetin olla olevinani, niinkuin emme olisi olleet vaiti, vaan puhelleet, mutta, niinkuin jo sanoin, niin teeskentelimme molemmat, ett'emme olleet varsin puheliaita. Minä tein sen tahallani ja hänelle, ajattelin minä, on välttämätöintä "antaa aikaa." Tietysti on kummallista, ett'ei kertaakaan, aina talven loppuun asti, johtunut mieleeni, että noin salakättä rakastin katsella häntä, vaan ett'en ainoatakaan hänen katsettansa koko talven ajalla huomannut minuun luoduksi! Minä ajattelin, että tämä oli arkuutta hänessä. Sitä paitse oli hän kovin aran ja ujon näköinen, kovin voimatoin tautinsa jälkeen. Ei, parempi on odottaa, niin — niin "hän itse yht'äkkiä tulee luokseni"...

Tämä ajatus hurmasi minua äärettömästi. Lisään vielä, että toisinaan ikäänkuin tahallani yllytin itseäni ja todellakin saatoin henkeni ja ymmärrykseni niin pitkälle, että ikäänkuin pahastuin häneen. Ja tätä kesti jonkun aikaa. Mutta vihani ei voinut koskaan kypsyä eikä kiintyä sieluuni. Ja itsekin sen tunsin, että tämä oli vaan ikäänkuin leikkiä. Ja silloinkaan, vaikka avion rikoinkin, — ostamalla sängyn ja tuon väliseinän, niin en konsanaan, en konsanaan voinut pitää häntä rikoksellisena. Eikä sentähden, että kevytmielisesti olisin hänen rikostaan tuominnut, vaan sentähden, että ai'oin täydellisesti hänelle anteeksi antaa, jo ensi päivästä saakka, jo ennenkuin sängynkään ostin. Sanalla sanoen, se oli omituisuus minun puolestani, sillä minä olen siveellisen ankara. Päin vastoin oli hän silmissäni niin voitettu, niin lannistettu, niin masennettu, niin että minun tuli häntä toisinaan tuskallisen sääli, vaikka minua sen ohessa toisinaan pelkästään miellyttikin ajatus hänen masentumisestaan. Tämä ajatus meidän eriarvoisuudestamme miellytti minua....

Sattuipa, että minä sinä talvena sain tahallani tehdä muutamia hyviä töitä. Minä annoin anteeksi kaksi velkaa ja annoin rahaa eräälle köyhälle naiselle ilman panttia. Minä tästä en puhunut vaimolleni mitään enkä tehnytkään niitä ollenkaan sentähden, että hän saisi tietää; vaan tuo nainen tuli itsekin kiittämään ja milt'eipä polvillaan. Sillä lailla tuli se ilmi; minusta näytti, että vaimoni todellakin mielihyvällä otti vastaan tämän tiedon.

Vaan kevät lähestyi, oli jo huhtikuu puolivälissä, sisäikkunat otettiin pois ja aurinko alkoi kirkkain sätein valaista hiljaisia huoneitamme. Mutta edessäni riippui verho, joka sokaisi järkeäni. Onnetointa, hirveätä verhoa! Kuinka kävikään, niin se yht'äkkiä putosi silmieni edestä ja minä aloin yht'äkkiä nähdä ja ymmärsin kaikki. Oliko se sattumus, vai oliko määrätty hetki tullut, vai auringon sädekö lie sytyttänyt tylsyneessä jäljessäni ajatuksen ja aavistuksen? Ei, ei se ollut ajatus eikä aavistus, vaan joku hermo alkoi minussa yht'äkkiä liikkua, melkein jo kuollut hermo värähti ja virkosi ja valaisi koko tylsyneen sieluni ja pirullisen ylpeyteni. Minä ikäänkuin hypähdin silloin paikaltani. Ja tämä tapahtuikin yht'äkkiä ja odottamatta. Se tapahtui iltapuoleen, noin viiden aikaan päivällisen jälkeen...

II.
Verho putosi yht'äkkiä.

Pari sanaa ensiksi. Jo kuukausi sitä ennen huomasin minä hänessä kummallista miettiväisyyttä, ei enää äänettömyyttä, vaan miettiväisyyttä. Senkin minä huomasin yht'äkkiä. Hän istui silloin työnsä ääressä, pää kumartuneena ompelukseen päin eikä nähnyt, että minä katselin häntä. Ja yht'äkkiä minua silloin kummastutti se, että hän oli käynyt laihaksi, kasvonsa olivat kalpeat, huulet vaaleat, — minua tämä kaikki kokonaisuudessaan, yhdessä miettiväisyyden kanssa hämmästytti tavattomasti ja kerrassaan. Minä olin jo ennenkin kuullut pientä, kuivaa rykimistä, varsinkin öisin. Minä nousin oitis ylös ja lähdin pyytämään luokseni Schröderiä, sanomatta vaimolleni mitäkään.

Schröder tuli seuraavana päivänä. Vaimoni oli kovin kummastuksissaan ja katseli vuoroon Schröderiä, vuoroon minua.

— Minä olen terve, sanoi hän, epämääräisesti hymähtäen.

Schröder ei häntä kovin tarkastellut (nuo lääkärit ovat välistä niin ylpeän välinpitämättömiä), vaan sanoi minulle ainoastaan toisessa huoneessa, että tämä oli taudin seurauksia ja että keväämmällä ei olisi hullumpaa lähteä jonnekin meren rannalle, ell'ei käynyt päinsä, pelkästään muuttaa maalle huvilaan asumaan. Sanalla sanoen, hän ei sanonut mitään, paitse että se oli heikkoutta tahi jotakin muuta sellaista. Kun Schröder oli mennyt ulos, sanoi vaimoni minulle taas yht'äkkiä, hirveän vakaasti katsoen minuun:

— Minä olen ihan, ihan terve.

Mutta sen sanottuaan hän samassa punastui, näköjään häpeästä. Näköjään oli se häpeä. Oi, nyt minä ymmärrän: hän häpesi, että minä vielä olin *hänen miehensä*, pidin huolta hänestä, olin yhä vielä ikäänkuin hänen oikea miehensä. Vaan silloin minä en sitä ymmärtänyt ja pidin punastumisen syynä kainouden. (Verho!)

Siis, näet, kuukautta myöhemmin, viidettä käydessä, huhtikuussa, istuin eräänä kirkkaana päivän paisteisena päivänä kassani ääressä ja tein laskujani Yht'äkkiä kuulin minä, että hän huoneessamme tehden työtä pöytänsä ääressä, hyvin hiljaa... lauloi. Tämä uutinen teki minuun valtaavan vaikutuksen enkä tähänkään saakka vielä käsitä sitä. Siihen asti en ollut melkein milloinkaan kuullut hänen laulavan, paitse ehkä aivan ensimmäisinä päivinä sen jälkeen kuin hän tuli talooni ja kun hän vielä taisi olla vallatoin ja ampui maaliin revolverillani. Silloin oli hänen äänensä vielä jotenkin kova ja heleä, ehk'ei varma, mutta hyvin raikas ja miellyttävä.

Nyt oli hänen laulunsa niin heikko, — oi, ei se ollut surullinen (se oli joku romanssi), mutta hänen äänessänsä oli jotakin ikäänkuin revähtänyttä, rikkonaista, ikäänkuin se ei olisi voinut hillitä itseänsä, ikäänkuin itse laulu olisi ollut sairas. Hän hyräili puoliääneen ja yht'äkkiä hänen äänensä, korkealle kohottuaan, katkesi, — niin onnetoin ääni, niin kurjasti se katkesi, hän rykäsi ja alkoi taas hyvin hiljaa, tuskin kuuluvasti laulaa...

Minun tunteilleni ehkä nauretaan, vaan ei koskaan kukaan ymmärrä, miksi tunteeni niin tulivat liikutetuiksi! Ei, minun ei vielä ollut sääli häntä, vaan se oli jotakin aivan toista. Alussa, ainakin ensi hetkinä, valtasi minun yht'äkkiä neuvottomuus ja hirveä ihmetys, joka oli niin kummallinen, sairaan-omainen ja melkein kostonhimoinen: laulaa ja minun kuulteni! "Onko hän minut unhottanut, vai?"

Ihan hämmästyneenä jäin minä paikalleni, sitte nousin yht'äkkiä ylös, otin hattuni ja menin ulos. ikäänkuin ajattelematta. Ainakaan en tiedä, miksi Lukeria antoi minulle palttooni.

— Laulaako hän? sanoin minä Lukerialle ehdottomasti. Tämä ei minua ymmärtänyt, vaan katsoi minuun yhä ymmärtämättä! olivathan sanani todellakin epäselvät.

— Laulaako hän ensi kertaa?

— Ei, kyllä hän laulelee, kun ei teitä ole kotona, vastasi Lukeria.

Minä muistan kaikki. Minä astuin portaita alas, menin ulos kadulle ja ai'oin mennä minne sattui. Minä menin kulmaan asti ja aloin katsoa jonnekin. Ohitseni käytiin, minua survaistiin, vaan minä en tuntenut mitään. Minä kutsuin luokseni ajurin ja vuokrasin hänen, tietämättäni miksi, Poliisi-sillan luo. Mutta sitte jätin hänen yht'äkkiä ja annoin hänelle kaksikymmentä kopekkaa.

—- Siin'on siitä, että sinua vaivasin, sanoin minä, typerästi nauraen hänelle, mutta sydämessäni heräsi yht'äkkiä omituinen ihastus.

Minä käännyin kotia, riennättäen askeleitani. Revähtänyt, rikkonainen, onnetoin sävel helähti taas yht'äkkiä sielussani. Minä olin pakahtua. Silmistäni putosi nyt verho! Jos hän kerta on alkanut laulaa läsnäollessani, niin on hän unhottanut minun, — se se oli selvää ja hirveätä. Sitä se sydän tunsi. Mutta ihastus loisti sielussani ja voitti pelon. Oi, kohtalon ironiaa! Eihän mitään muuta ollut eikä voinutkaan olla sielussani koko talvena kuin tuo ihastus, mutta missä minä itse olin koko talven? olinko minä sieluni kanssa?

Minä juoksin portaita ylös hyvin sukkelaan enkä tiedä, olinko hyvin arka sisään tullessani. Muistan ainoastaan, että koko lattia ikäänkuin aaltoeli ja minä ikäänkuin uin vedessä. Minä astuin huoneesen, hän istui entisellä paikallaan ja ompeli, pää kumarassa, vaan hän ei enää laulanut. Pikaisesti ja välinpitämättömästi katsahti hän minuun, mutta se ei ollut mikään katse, vaan liike ainoastaan, tavallinen liike, kun joku astuu huoneeseen.

Minä menin suoraan hänen luoksensa ja istuin hänen viereensä tuolille, aivan lähelle, ihan kuin hulluna. Hän katsahti minuun nopeasti, aivan kuin pelästyneenä; minä tartuin hänen käteensä enkä muista mitä sanoin hänelle, s.o. ai'oin sanoa, sillä en osannut puhuakaan, niinkuin piti. Ääneni katkesi eikä totellut minua. Enkä minä tiennytkään, mitä sanoa, minä hengästyin vaan.

— Puhelkaamme... tiedätkös... sano jotakin! — jokelsin minä yht'äkkiä jotakin typerää, — oi, olikos siinä mieltä mitään?. Hän säpsähti taas ja horjahti, kovin säikähtyneenä, katsellessaan kasvojani, mutta yht'äkkiä kuvaantui *ankara ihmetys* hänen silmissänsä. Niin, ihmetys ja *ankaruus*. Hän katseli minua suurine silmineen. Tämä ankaruus, tämä ankara ihmetys musertamalla musersi minun: "Siis sinulle vielä rakkautta? rakkautta?" — oli ikäänkuin kysymys tässä ihmetyksessä, vaikka hän olikin vaiti. Mutta minä ymmärsin kaikki, kaikki. Koko ruumiini vavahti ja minä pudota romahdin hänen jalkojensa juureen. Niin, minä vaivuin hänen jalkojensa juureen. Hän hypähti yht'äkkiä ylös, mutta minä sain hänen tavattomalla voimalla pidätetyksi molemmista käsistä.

Ja minä ymmärsin täydellisesti epätoivoni, oi niin, minä ymmärsin sen! Mutta, uskotteko, ihastus kiehui sydämessäni niin rajusti, että luulin kuolevani. Minä suutelin hurmoksissa ja onnellisena hänen jalkojansa. Niin, äärettömän ja rajattoman onnellisena sekä ymmärtäen koko pääsemättömän epätoivoni! Minä itkin, tahdoin puhua jotakin, vaan en voinut. Pelästys ja ihmetys muuttuivat hänessä yht'äkkiä jonkinlaiseksi huolestuneeksi ajatukseksi, tavattomaksi kysymykseksi, ja hän katsoi minuun oudosti, jopa villistikin, hän tahtoi mitä pikemmin käsittää jotakin ja hymähti. Häntä hävetti hirveästi se, että suutelin hänen jalkojansa ja hän veti ne pois, mutta silloin suutelin minä sitä kohtaa lattialla, jossa hänen jalkansa seisoivat.

Hän näki sen ja alkoi yht'äkkiä nauraa häpeästä (tiedättehän, kuinka häpeästä nauretaan). Nyt seurasi hysterikohtaus, minä näin sen, hänen kätensä vapisivat, — minä en sitä ajatellut, vaan jupisin hänelle, että rakastan häntä, ett'en nouse ylös, "anna minun suudella helmaasi... niin koko ikäni rukoilen puolestasi"... En tiedä, en muista, vaan yht'äkkiä hän alkoi itkeä ja väristä; seurasi hirveä hysterikohtaus. Minä olin pelästyttänyt häntä.

Minä kannoin hänen vuoteeseen. Kun kohtaus oli ohi, istuutui hän vuoteelle ja tarttui kummallisen masentuneen näköisenä käsiini ja pyysi minua rauhoittumaan: "Herjetkää, älkää kiusatko itseänne, rauhoittukaa!" Koko sinä iltana minä en eronnut hänen luotansa. Minä puhuin hänelle vaan, että vien hänen Boulogneen merikylvyille nyt heti, kahden viikon kuluttua, että hänen äänensä on niin revähtänyt, että kuulin sen taannoin, että suljen kassan, myön sen Dobronravoville, että kaikki on alkava uudestaan, vaan pääasia — Boulogneen, Boulogneeu! Hän kuunteli yhä pelästyneenä. Hän pelkäsi yhä enemmän. Mutta pääasia ei ollut minulle se, vaan se, että yhä rajummin halusin taas olla hänen jalkojensa juuressa, ja taas suudella, suudella maata, jossa hänen jalkansa seisoivat ja rukoilla häntä ja — "mitään muuta minä en pyydä sinulta", toistin minä joka hetki, —

"älä vastaa minulle mitäkään, älä huomaa minua ollenkaan, ja anna minun vaan salaa katsella sinua, tee minut joksikin kaluksesi, koiraksesi"... Hän itki.

— Ja *minä luulin, että te jätätte minun niinikään,* — pääsi yht'äkkiä ja ehdottomasti hänen huuliltansa, — niin ehdottomasti, että kentiesi hän ei itse ollenkaan huomannut sitä sanoneensakaan, ja kuitenkin — oi, se oli juuri pääasia, se oli hänen onnettomin ja minulle kaikkein ymmärrettävin sanansa sinä iltana ja se ikäänkuin veitsellä viilsi sydäntäni! Se selitti minulle kaikki, kaikki, mutta niin kauan kuin hän oli vieressäni, silmäini edessä, toivoin minä vielä ja olin hirveän onnellinen. Oi, minä kiusasin häntä hirveästi sinä iltana ja minä tiesin sen, mutta ajattelin alati, että olin oitis korjaava kaikki. Yöksi hän lopulta uupui kokonaan, minä kehoitin häntä nukkumaan ja hän nukkui oitis, sitkeästi. Minä odotin houretta, joka tulikin, mutta hyvin helppo. Minä nousin yöllä ylös melkein joka hetki ja menin hiljaa, tohvelit jalassa, häntä katsomaan. Minä vääntelin käsiäni, katsellessani tuota sairasta olentoa tuossa huonossa rautavuoteessa, jonka silloin ostin hänelle kolmesta ruplasta. Minä kävin polvilleni, mutta en uskaltanut suudella hänen jalkojansa hänen maatessansa (ilman hänen luvattansa!). Minä aloin rukoilla, vaan hypähdin taas ylös. Lukeria kävi myös katsomassa tuon tuostakin keittiöstään. Minä menin hänelle sanomaan, että hän panisi maata ja että huomenna "alkaa toinen elämä".

Ja minä uskoin sen sokeasti, hullusti, hirveästi. Oi, ihastus, ihastus valtasi minut! Minä odottamalla odotin seuraavaa päivää. Pääasia on, ett'en minä pelännyt mitäkään onnettomuutta, oireista huolimatta. Ymmärrys ei ollut vielä kokonaan palannut, huolimatta siitä, että verho jo oli pudonnut ja kaukaan, kaukaan aikaa ei se palannut — oi, tähän päivään, hamaan tähän päivään asti! Ja kuinka, kuinka olisi se voinut palata: olihan hän silloin vielä elossa, olihan hän tuossa vielä edessäni ja minä olin hänen edessänsä. "Huomenna hän herää ja minä sanon hänelle kaikki, ja hän saapi nähdä kaikki". Se oli silloinen ajatukseni, suora ja selvä, senpä tähden ihastuinkin! Pääasia siinä oli matka Boulogneen! Minä luulin jostakin syystä, että Boulogne oli kaikki, — että Boulognessa oli jotakin ratkaisevaa. "Boulogneen, Boulogneen!" Minä odotin hirveästi huomispäivää.

III.
Liian hyvin ymmärrän.

Ja tämähän tapahtui kaikkiaan vaan muutamia päiviä sitte, viisi päivää, kaikkiaan vaan viisi päivää sitte, viime tiistaina! Ei, ei, jospa hän vaan olisi odottanut vähän aikaa, pisaran vaan, niin, — niin minä olisin poistanut pimeyden! — Ja eikös hän sitte rauhoittunut? Seuraavana päivänä hän jo kuunteli minua, hymyillen, huolimatta hämmennyksestään... Pääasia on, että hänessä koko tämän aikaa, noiden viiden päivän kuluessa oli jokin hämmennys, tahi häpeä. Sitä paitsi pelkäsi hän, ja pelkäsi kovin. Minä en väitä vastaan, en vastusta mielettömän lailla: hän pelkäsi, vaan kuinkas ei olisi pelännyt? Mehän olemme olleet niin kauvan toisillemme vieraat, olimme niin vieraantuneet toisistamme, ja yht'äkkiä tämä kaikki... Vaan minä en huolinut hänet pelostansa, sillä uusi toivo alkoi loistaa!... Totta on epäilemättä, että minä erehdyin. Kohta herättyämme seuraavana päivänä, jo aamusta (se oli keskiviikkona) tein oitis yht'äkkiä erehdyksen: minä, näet, aloin häntä oitis pitää ystävänäni. Minä kiiruhdin liiaksi, mutta tunnustus oli tarpeen, se oli välttämätöin — se oli enemmän, kuin tunnustus! Minä en salannut sitäkään, jota koko ikäni olin itseltäni salannut. Minä sanoin suoraan, ett'en ollut koko talvena muuta tehnytkään, kuin ollut vakuutettu hänen lemmestänsä. Minä selitin hänelle, että lainakassani oli vaan seuraus tahtoni ja järkeni lankeemuksesta, että se oli personallinen itsekurituksen ja itseylistyksen aate. Minä selitin hänelle, että minä silloin bufetissa todellakin pelkäsin luonteeni, luulevaisuuteni takia: ympärystä, bufetti sai minun hämille; minua hämmästytti se, että ajattelin: kuinka tästä pääsen, eiköhän tämä näytä tyhmältä? En minä kaksintaistelua pelännyt, vaan sitä, että näyttäisi tyhmältä... Vaan sitte en enää tahtonut sitä tunnustaa ja kiusasin kaikkia, ja häntäkin kiusasin sentähden, ja hänen sitte nainkin vaan häntä sentähden kiusatakseni. Ylipäänsä minä puhuin suurimmaksi osaksi kuin kuumeessa. Hän tarttui itse käsiini ja pyysi herkeämään: "Te liioittelette... te kiusaatte itseänne" — ja taas kyyneleitä, taas milt'ei taudin kohtaus! Hän rukoili rukoilemistaan, ett'en mitään sellaista puhuisi enkä muisteleisi.

Minä en huolinut rukouksista tahi vähä niistä huolin: kevään tultua Boulogneen! Siellä on aurinko, meidän uusi aurinkomme, niin minä vaan haastelin! Minä sulkisin kassan, antaisin asiat Dobronravoville. Minä ehdotin hänelle yht'äkkiä, että hän jakaisi kaikki köyhille, paitse pohjarahoja, kolmea-tuhatta ruplaa, jotka olin kummiltani saanut ja joilla lähdettäisikin Boulogneen, ja sitte palaisimme takaisin ja alkaisimme uutta, uutteraa elämää. Niin päätettiin tehdäkin, sillä hän ei sanonut mitään... hymyili vaan. Ja taisipa hymyillä enemmän vaan sydämen hyvyydestä, ett'ei minua pahoittaisi. Näinhän minä, että minä olin hänelle rasitukseksi; älkää luulkokaan, että minä olin niin tyhmä ja niin itsekäs, ett'en sitä olisi huomannut. Minä näin kaikki, kaikki viimeiseen piirteeseen asti, näin ja tiesin paremmin kuin kukaan muu; koko epätoivoni oli nähtävillä!

Minä kerroin hänelle kaikki itsestäni ja hänestä. Ja Lukeriasta. Minä sanoin, että olin itkenytkin... Oi, minä muutin puheen-ainettakin, minä ko'in olla kokonaan muistamatta muutamia asioita. Ja hän jo virkistyikin pari kertaa, minä muistan sen! Miksi sanotte, ett'en minä tarkistunut enkä mitään nähnyt? Ja ell'ei sitä vaan olisi tapahtunut, niin kaikki olisi jälleen herännyt eloon. Sillä kertoihan hän minulle jo toissa päivänä, kun oli puhe lukemisesta, ja siitä, mitä hän tänä talvena oli lukenut — kertoihan hän ja nauroi, muistellessaan tuota kohtausta Gil Blasin ja Granadan arkkipiispan välillä. Ja kuinka lapsellisesti, herttaisesti nauraen, aivan kuin ennen morsiamena ollessaan; oi, kuinka olin tyytyväinen! Minua kovin kummastutti kuitenkin tuo juttu arkkipiispasta: sillä olipahan hänellä, niinmuodoin, ollut talvella niin paljon hengen rauhaa ja onnea, että voi nauraa lukiessaan tuota mestariteosta. Niinmuodoin oli hän jo alkanut täydellisesti rauhoittua, oli alkanut täydellisesti uskoa, että jätän hänen *niinikään*. "Minä luulin, että te jätätte minun *niinikään*" — kas niin hän lausui silloin tiistaina! Oi kymmenvuotisen tytön ajatusta! Ja uskoipahan, uskoipahan, että kaikki todellakin jäisi niinikään: hän pöytänsä ja minä pöytäni ääreen, ja niin olisimme eläneet molemmat kuudenkymmenen vanhoiksi. Ja yht'äkkiä — tulen minä aviomiehenä ja vaadin rakkautta! Oi, epähuomiota, oi, minun sokeuttani!

Erehdys oli sekin; että minä katsoin häneen ihastuneena; olisi pitänyt hillitä itseänsä, vaan minä pelästytin häntä ihastuksellani. Mutta hillitsinhän minä itseäni, enhän: minä suudellut enää hänen jalkojansa. Minä en kertaakaan näyttänyt, että... no, että olen hänen miehensä, — oi, enkä minä sitä ajatellutkaan, minä vaan rukoilin! Mutta eihän sitä saattanut olla kokonaan vaitikaan, eihän saattanut olla mitäkään puhumatta! Minä sanoin hänelle yht'äkkiä, että nautin hänen puheestansa ja pidin häntä paljoa sivistyneempänä ja kehittyneempänä itseäni. Hän punastui kovin, ja sanoi hämillänsä, että minä liioittelen. Silloin minä hulluudessani en malttanut, vaan kerroin hänelle, kuinka olin ihastunut, kun, seisoessani silloin oven takana, kuuntelin hänen kaksintaisteluansa, viattomuuden kaksintaistelua tuon luontokappaleen kanssa, ja kuinka nautin hänen ymmärryksestänsä, hänen loistavasta sukkeluudestansa ja lapsellisesta suoramielisyydestänsä. Hän ikäänkuin säpsähti kokonaan, oli taas kuiskata, että minä liioittelen, mutta yht'äkkiä hänen kasvonsa synkistyivät, hän peitti ne käsiinsä ja alkoi itkeä... Silloin minäkään en enää malttanut, vaan lankesin taas hänen eteensä, aloin taas suudella hänen jalkojansa ja taas päättyi tautikohtaukseen, samoin kuin tiistainakin. Se tapahtui eilen illalla, vaan seuraavana aamuna...

Seuraavana aamuna?! Hullu, mikä minä olen, tämä aamuhan oli tänään, vasta taannoin, taannoin vasta!

Kuulkaa ja huomatkaa: kun me tapasimme toisemme taannoin teepöydässä (tuon eilisen kohtauksen jälkeen), niin hän itsekin kummastutti minua levollisuudellaan, näette sen mitä! Ja minä, kun koko yön pelkäsin tuota eilistä! Mutta yht'äkkiä tuli hän luokseni, seisattui eteeni ja alkoi, kädet ristissä (taannoin taannoin!) puhua minulle, sanoen, että hän oli — rikoksellinen, että hän sen tiesi, että hänen rikoksensa oli vaivannut häntä koko talven ja vieläkin vaivasi... että hän piti jalomielisyyttäni suuressa arvossa... "minä tulen olemaan uskollinen vaimonne, minä tulen kunnioittamaan teitä"... Ja samassa minä hypähdin ylös ja syleilin häntä kuin hullu! Minä suutelin häntä, suutelin hänen kasvojansa, huuliansa, niinkuin aviomies ensi kertaa, pitkän poissa olon jälkeen. Ja miksi minä taannoin meninkään ulos, kaikkiaan vaan kahdeksi tunniksi... nuo meidän matkapassimme... Oi, Herra Jumala! Jospa vaan viisi minuuttia, viisi minuuttia aikaisemmin olisin palannut?... Ja tuossa tuo kansan paljous portillamme, nuo katseet minuun... Oi, Herra Jumala!

Lukeria sanoo (oi, nyt minä en millään mokomin päästä pois Lukeriaa, sillä hän tietää kaikki, hän on ollut meillä koko talven, hän kertoo minulle kaikki), hän sanoo, että kun minä olin mennyt kotoa ulos, ja kaikkiaan vaan noin parikymmentä minuuttia ennen tuloani, — oli hän mennyt rouvan luo huoneesemme, jotakin kysymään, en muista mitä, ja näki, että hänen jumalankuvansa (se sama Neitsyn Marian kuva) oli esillä ja seisoi hänen edessänsä pöydällä ja rouva oli niinkuin vast'ikään rukoillut sen edessä. —

— Mitenkä teidän on rouva? oli hän kysynyt.

— "Hyvin, Lukeria, vaan menehän pois. — Vaan odotahan Lukeria", sitte oli hän mennyt Lukerian luo ja suudellut häntä.

— Oletteko onnellinen, rouva?

— Olen, Lukeria.

— Ammoin jo olisi herran pitänyt tulla rouvalta anteeksi pyytämään, kiitos, että olette sopineet.

— Hyvä on, Lukeria, menehän jo, sanoi hän ja hymyili niin kummallisesti.

Niin kummallisesti hymyili, että Lukeria palasi kymmenen minuutin kuluttua häntä katsomaan: "Hän seisoi seinän vieressä aivan akkunan luona, käsi seinää vasten, ja nojaten päätään käteensä, siten hän seisoi ja mietti. Ja niin syvissä mietteissä seisoi, ett'ei kuullutkaan, että minä seisoin ja katselin häntä toisesta huoneesta. Minä näin, että hän ikäänkuin hymyili, seisoi, mietti ja hymyili. Minä katselin häntä hetkisen, käännyin ja menin pois, mietteissäni, kun yht'äkkiä kuulin ikkunaa avattavan. Minä menin oitis sanomaan, että 'on kylmä, rouva, ett'ette vaan vilustuisi', ja yht'äkkiä näin, että hän oli noussut ikkunalle ja jo seisoi siinä kokonaan, ihan pystyssä, avatulla ikkunalla, selin minuun päin, kädessä jumalan kuva. Sydämeni silloin lakkasi sykkimästä ja minä huusin: 'rouva, rouva!' Hän kuuli, teki liikkeen kääntyäksensä minuun, mutta ei kääntynytkään, vaan harppasi, painoi jumalan kuvaa rintaansa vastaan ja heittäytyi ulos ikkunasta!"

Minä muistan vaan, että kun minä tulin portista sisään, niin oli hän vielä ihan lämmin. Ja kaikki katsoivat minuun. Alussa huudettiin, vaan sitte yht'äkkiä vaiettiin ja kaikki antoivat yht'äkkiä tietä minulle ja... ja hän makasi, kuva käsissä. Minä muistan, ikäänkuin hämärästi, että minä astuin ääneti luo ja katselin kauan. Ja kaikki ympäröivät ja sanoivat minulle jotakin. Lukeria oli läsnä, vaan minä en häntä nähnyt. Sanovatpa, että hän puhuttelikin minua. Muistan vaan sen miehen, joka minulle huutamistaan huusi: "pivollinen verta vaan tuli hänen suustansa, pivollinen vaan!" ja osoitti minulle verta siinä kivellä. Minä taisin koskea sormellani vereen, likasin sormeni ja katselin sormeani (sen muistan), mutta hän vaan huusi: "pivollinen, pivollinen!"

— Mitäkä niin pivollinen? sanotaan minun huutaneen kaikista voimin, nostaneen ylös käteni ja heittäytyneeni hänen kimppuunsa...

Oi, se oli rajua, rajua! Epähuomio! Epätodenmukaisuus! Mahdottomuus!

IV.
Viisi minuuttia vaan myöhästyin.

Ja eikö ole? Eikö se ole epätodenmukaista? Tokko voi sanoa, että se oli mahdollista? Minkätähden, miksi kuoli tämä nainen?

Oi, uskokaa, että sen ymmärrän; mutta yhtäkaikki on kysymys, miksi hän kuoli? Hän pelästyi rakkauteni takia ja kysyi vakaasti itseltänsä: ottaako vastaan vai ei, mutta ei kestänyt tätä kysymystä ja kuoli ennemmin. Minä tiedän, minä tiedän eikä tarvitse päätään vaivata: hän lupasi liian paljon ja pelkäsi, ett'ei voisi sanaansa pitää, — se on selvä. Ja siinä on lisäksi muutamia, hyvin hirveitä seikkoja.

Sillä — kuitenkin on jäljellä kysymys: miksi kuoli hän? Kysymys kolkuttamistaan kolkuttaa aivojani. Minä olisin jättänytkin hänen *niinikään*, jos hän olisi tahtonut, että se *niinikään* olisi jäänyt. Vaan siinäpä se, ett'ei hän sitä uskonut! Ei — ei, minä valehtelen, ei se ollut ollenkaan niin. Suorastaan sentähden, että minun kanssani oli rehellisesti oltava, jos rakastaakseen, niin rakasta kokonaan, eikä niinkuin jotakin kauppiasta olisi rakastanut. Ja koska hän oli liian siveä, liian puhdas suostuakseen sellaiseen rakkauteen kuin kauppiaalle olisi sopinut, niin ei hän tahtonut minuakaan pettää. Hän ei tahtonut pettää antamalla vaan puolta rakkautta rakkauden muodossa tahikka vaan neljättä osaa rakkaudestaan. Siinäpä se, että hän oli liiaksi rehellinen! Ja minä, kun tahdoin istuttaa häneen jaloa sydäntä, muistattehan? Kummallinen ajatus.

Hirveän hauska olisi tietää: kunnioittiko hän minua? En tiedä, halveksiko hän minua vai ei? En luule hänen halveksineen. Hirveän kummallista on, miks'ei kertaakaan päähäni juolahtanut koko talvena, että hän halveksisi minua? Minä olin ihan vakuutettu päinvastaisuudesta aina siihen hetkeen asti, kun hän katsoi minuun *ankaralla ihmetyksellä*. Niin juuri, *ankaralla*. Silloinpa minä kerrassaan ymmärsinkin, että hän halveksi minua. Minä ymmärsin i'äksi päivikseni! Oi, vaikkapa vaan olisi halveksinutkin koko ikänsä, kuuhan olisi eloon jäänyt! Taannoinhan hän vielä käveli ja puheli. En ymmärrä lainkaan, kuinka hän heittäytyi ulos ikkunasta! Ja kuinka olisin voinut sitä aavistaakaan viisi minuuttia sitte? Minä kutsuin luokseni Lukerian. Niin, minä en millään mokomin päästä Lukeria luotani, en millään mokomin!

Oi, me olisimme vielä voineet sopia. Me vaan olimme talven kuluessa hirveästi vieroittuneet toisistamme, mutta olisimmehan voineet jälleen tottua toisiimme. Miksi, miksi emme olisi voineet sopia ja alkaa uutta elämää? Minä olen jalomielinen, hän oli samoin — siinä se yhtymäkohta on! Muutamia sanoja vaan vielä ja pari päivää — ei enemmän, niin olisi hän kaikki ymmärtänyt.

Harmittavinta on, että kaikki tämä oli sattumus, — pelkkä raaka, yksinkertainen sattumus. Se se harmittavaa on! Viisi minuuttia, ainoastaan vaan viisi minuuttia myöhästyin! Tulipa viisi minuuttia aikaisemmin — niin silmänräpäys olisi liitänyt ohi pilvenä eikä hänen päähänsä olisi koskaan enää senjälkeen semmoista juolahtanut. Ja olisi päättynyt, niin, että hän olisi kaikki ymmärtänyt. Vaan nyt ovat taas huoneet tyhjät ja minä olen yhä yksin. Lerkku vaan tuolla kellossa käydä napsaa ja tämä ei siihen koske, ei sen ole sääli mitäkään. Ketään ei löydy — sepä se!

Minä vaan käyn käymistäni yhtä mittaa. Minä tiedän, minä tiedän, ei teidän tarvitse muistuttaa: teitä ehkä naurattaa, että minä valitan kohtaloa ja noita viittä minuuttia? Mutta sehän on silminnähtävää. Huomatkaa sekin: hän ei jättänyt kirjettäkään, että näet, "älkää syyttäkö ketään kuolemastani", niinkuin muut jättävät. Eikös hän edes oivaltanut, että saattaa Lukeriaakin syyttää: "olit, näet, yksin hänen kanssaan, siis sinä hänen survasit". Ainakin olisi ilman syyttä Lukeriaa vaivattu, ell'ei pihan puolelta neljä henkeä olisi nähnyt sivurakennusten akkunoista ja pihalta, kuinka hän seisoi, jumalankuva käsissä ja itse heittäytyi. Mutta sehän myös oli sattumus, että ihmisiä siellä oli, jotka näkivät. Ei, kaikki tämä oli silmänräpäys, yksi mitätön silmänräpäys vaan, kuvitus vaan! Mitä siitä, että hän rukoili Jumalan kuvaa? Eihän se merkitse, että hän kuolemaa odotti. Kaikki kesti vaan silmänräpäyksen, kentiesi, kaikkiaan vaan kymmenen minuuttia koko päätös — juuri silloin, kun hän seisoi seinän vieressä, nojaten päätään käteensä ja hymyillen. Ajatus pälkähti päähän, sitä pyörrytti ja — ja hän ei jaksanut hillitä itseänsä.

Se oli selvä epähuomio, sanokaa mitä hyvänsä. Minun kanssani olisi kyllä vielä voinut elää. Mutta jos se vaan oli vähä-verisen heikkoutta? pelkästään vähäverisyyttä, elinvoimaan väsymistä? Hän oli väsynyt talven kuluessa, siinä kaikki...

Myöhästyin!!!

Kuinka hän on laiha tuossa arkussansa, kuinka hänen nenänsä on käynyt teräväksi! Silmäripset ovat kuin nuolet ikään. Ja mitenkä hän putosikin — ei musertunut mitään, ei taittanut mitään! Tuo yksi ainoa "pivollinen verta" vaan. Teelusikallinen vaan, näettekös. Sisällinen tärähdys. Kummallinen ajatus: jos voisi olla häntä hautaamatta? Sillä jos hän viedään pois, niin... oi, ei, viedä pois on melkein mahdotonta! Tiedänhän minä, että hän on vietävä pois, enhän minä ole hullu, enhän minä hourailekaan, päinvastoin, ei ole ymmärrykseni ollut koskaan niin selvä, mutta kuinkas taas ei ole talossa ketään, taaskin kaksi huonetta, ja taas olen yksinäni panttieni seurassa. Hourailua, hourailua, se se hourailua on! Minä olen kiusannut hänet kuoliaaksi, näettekös!

Mitä minä nyt teidän la'eistanne? Mitä minä teidän tavoistanne, tottumuksistanne, elämästänne, valtiostanne, uskostanne? Tuomitkoon minua tuomarinne, vietäköön minut oikeuteen, julkiseen oikeuteen, vaan minä sanon, ett'en tunnusta mitäkään. Tuomari huutaa: "Vaiti, upsieri!" Vaan minä huudan hänelle: missä sinulla on sellainen voima, että minä sitä tottelisin? Miksi on julma yksinkertaisuus musertanut sen, mikä oli kaikista kalliinta? Mitä minä nyt teidän la'eistanne? "Minä eroan pois". Oi, minusta on kaikki yhdentekevää!

Sokea, sokea! Kuollut, ei kuule! Et tiedä, missä paratiisissa olisin suojellut sinua. Paratiisi oli minulla sielussani ja minä olisin levittänyt sen ympärillesi! Vaan sinä et olisi minua rakastanut, — mutta vähät siitä! Kaikki olisi ollutkin *niinikään*, kaikki olisi jäänytkin niinikään. Olisitpa vaan puhutellut minua kuin ystävää, niin olisimme iloinneet yhdessä ja nauraneet iloisesti, katsellen toisiamme. Ja niin olisimme eläneetkin. Ja mitä siltä, jospa olisit rakastanutkin toista! Olisit kävellyt hänen kanssansa ja minä olisin katsellut toiselta puolen katua... Oi, olipa mitä tahansa, jospa vaan kerrankin aukaisisi silmänsä. Jospa silmänräpäykseksi, — yhdeksi silmänräpäykseksi vaan! — katsahtaisi minuun, niinkuin taannoin, kun hän seisoi edessäni ja vannoi olevansa aina uskollinen vaimo! Oi, yhdestä katseesta hän vaan ymmärtäisi!

Oi, luontoa! Suurin onnettomuus on, että ihmiset ovat yksin maan päällä! "Onko kedolla elävää ihmistä?" — huudahtaa sankari venäläisessä kansanrunossa. Samoin huudan minäkin, ehk'en sankarikaan ole, vaan ei kukaan vastaa. Sanotaan, että aurinko elähyttää mailmaa. Aurinko nousee, vaan — katsokaa, eikö se ole kuollut kappale? Kaikki on kuollutta ja kaikkialla — kuolleita. Ihmisiä vaan ja heidän ympärillänsä äänettömyyttä — siinä maa! "Ihmiset, rakastakaa toisianne" — kuka niin sanoi? Kenenkä testamentti se on? Lerkku napsaa tunnottomasti, inhottavasti. Kello on kaksi yöllä. Hänen kenkänsä seisovat vuoteen vieressä, ikäänkuin odottaen häntä... Ei, vaan todellakin, kun hän huomenna viedään pois, niin kuinka minun silloin käy?

Loppu.

SISÄLLYS